THAIS MIDORI & GABY BRANDALISE

MEU POP VIROU K-POP

astral cultural

Copyright © 2019, Gaby Brandalise e Thais Midori
Todos os direitos reservados à Astral Cultural e protegidos pela Lei 9.610, de 19.2.1998. É proibida a reprodução total ou parcial sem a expressa anuência da editora.
Este livro foi revisado segundo o Novo Acordo Ortográfico da Língua Portuguesa.

Produção editorial Aline Santos, Bárbara Gatti, Fernanda Costa, José Cleto, Luiza Marcondes e Natália Ortega
Projeto gráfico Adriane Mascotti
Capa Renata Vidal

Dados Internacionais de Catalogação na Publicação (CIP)
Angélica Ilacqua CRB-8/7057

B816m
    Brandalise, Gaby
       Meu pop virou K-Pop / Gaby Brandalise, Thais Midori. — Bauru, SP : Astral Cultural, 2019.
       144 p. : il., color.

    ISBN: 978-85-8246-970-5

    1. Música popular - Coreia (Sul) 2. Midori, Thais - narrativas pessoais 3. K-Pop 4. Literatura infantojuvenil I. Título II. Midori, Thais

19-1169
                                      CDD 780.9519

Índice para catálogo sistemático:
1. Grupos musicais – Coreia (Sul)

ASTRAL CULTURAL É A DIVISÃO LIVROS
DA EDITORA ALTO ASTRAL

BAURU
Rua Gustavo Maciel, 19-26
CEP 17012-110
Telefone: (14) 3235-3878
Fax: (14) 3235-3879

SÃO PAULO
Alameda Vicente Pinzon, 173
4º andar, Vila Olímpia
CEP 04547-130
Telefone: (11) 5694-4545

E-mail: contato@astralcultural.com.br

즐거운 하루

ACHO QUE VOCÊ É MÁGICA
ACHO QUE VOCÊ É MARAVILHOSA
POR CAUSA DE VOCÊ, MEU CORAÇÃO É COLORIDO
NO MUNDO EM PRETO E ESCURO,
NO MOMENTO EM QUE TENTO FECHAR MEUS OLHOS,
VOCÊ FAZ MINHA VIDA COLORIDA

COLORFUL - SHINEE

SUMÁRIO

- **8** — COMO FOI QUE O NOSSO POP VIROU K-POP?
- **11** — QUAL POP ERA O MEU?
- **41** — QUAIS GRUPOS SÃO OS MEUS?
- **65** — AS VEZES QUE VI O K-POP AO VIVO
- **93** — DESENCONTROS NA COREIA DO SUL (E EM PARIS)
- **97** — AS CURIOSIDADES SOBRE OS IDOLS QUE O GOOGLE NÃO MOSTRA
- **120** — DEEP WEB DO K-POP
- **125** — O QUE O K-POP FEZ POR MIM
- **138** — O SHOW DO BTS DA WORLD TOUR LOVE YOURSELF: SPEAK YOURSELF

COMO FOI QUE O NOSSO POP VIROU K-POP?

어떻게 케이팝이 우리의 최애팝이 되었을까?

MIDORI

Falar sobre a vida antes do K-Pop é bem... interessante! Fui fã de um monte de coisa: anime, grupos japoneses, séries, bandas indie, pop americano... Mas essas coisas que eu curtia quando era mais nova não me transformaram do mesmo jeito que o K-Pop. Quer dizer, mesmo que eu gostasse muito da Miley ou da Avril, elas não eram exatamente um exemplo para mim. Foi assim com você, Gaby?

GABY

Nossa, é exatamente isso. Música, por um bom tempo, foi só entretenimento, distração, sei lá. Claro que tinham artistas com quem eu me identificava, algumas músicas que me emocionavam e tal, mas não dá para dizer que mudaram minha vida. Tudo seguia igual na minha rotina, independentemente do que estava tocando na minha *playlist*.

Acho que, por isso, quem não conhece a música coreana, às vezes, não entende bem essa paixão toda que a gente sente. É mais do que um gosto musical, ou ter um *crush* em um membro de um grupo, ou ser aquela fã que enche a parede de pôster. Tem todo um mundo envolvido e, quando você convive com esse mundo, é impossível não ser afetado por ele.

Sabe a sensação que eu tenho, Midori? Que o K-Pop é quase autoajuda, pelo menos, acho que foi assim com a gente. Porque existem a Gaby e a Midori antes do K-Pop e a Gaby e a Midori depois dele. Foi um processo de transformação pessoal: não só nosso gosto musical mudou, mas a maneira como encaramos o mundo, como enxergamos a nós mesmas, nossos conceitos de beleza...

Nossa, mano, é exatamente isso. Fora que, depois do K-Pop, a gente teve vontade de conhecer outros lugares do mundo, perdeu o medo de tentar coisas novas, amadurecemos. E até descobrimos outras coisas que também adoramos fazer. No meu caso, que sou Arquiteta, percebi que amo criação de conteúdo. Sério, foram muitas mudanças.

Acho que dá para dizer que decidimos escrever este livro para contar a nossa história com o K-Pop, né?

Sim, mas não só isso! Este livro é para incentivar quem também curte a cultura coreana a contar a sua própria história e a se identificar um pouco com a nossa.

MIDORI

Eu tinha uns doze anos quando assisti a um MV de K-Pop pela primeira vez. Até então, era apenas uma garota que adorava anime, frequentava eventos de cultura nerd e andava com um iPod em que a *playlist* era basicamente grupos de pop japonês, como Arashi, e umas coisas mais ocidentais, como Hilary Duff e Miley Cyrus. Ah, também me arriscava com bandas indie de vez em quando, mas isso foi um pouco depois, quando já tinha uns quinze anos. **E essas eu mais dizia que escutava do que realmente escutava.**

12 anos - Nessa época, já estava ouvindo K-Pop.

Não era muito descolada, gastava mais tempo estudando do que fazendo qualquer outra coisa. E meus amigos da escola gostavam de uns assuntos *cult*, tipo debater sobre o filme "Laranja Mecânica" e falar de filosofia. E quando o assunto era música, para eles, bacana era quem ouvia indie. Eu queria me enturmar, então colocava no iPod e dizia que adorava.

MAS E O K-POP?

Bom, como eu curtia músicas do Japão, vivia no YouTube. Em uma dessas, lá em 2006, vi na parte de relacionados um outro grupo que eu não conhecia. Coloquei para tocar e, assim, fui parar em um MV do BIGBANG, que, polêmicas infelizes à parte, foi o grupo que me deu o "estalo" para o K-Pop. A primeira coisa que notei foi que eles não estavam cantando em japonês e pensei: "Gente, que língua é essa?".

O primeiro MV que vi foi "La-La-La". E tá, eu não amei. Achei tudo estranho. Hoje, quando me lembro disso, dou risada, mas, na época, aquilo me pareceu uma cópia de Backstreet Boys. Só que eu estava curiosa, então, fui atrás de mais. O que eu vi em seguida foi "Last Farewell" e, aí sim, pensei: "Caramba, espera. Isso é legal". O MV tinha uma história: um cara tentava conquistar uma garota da faculdade, e a música era muito diferente, com uma batida meio hip-hop, e lembro que adorei as cenas na balada, dos meninos chegando com uns carros e fazendo "hey

G-DRAGON

yo!" para a câmera. Nada era fofo, nem gótico como os grupos japoneses com os quais eu estava habituada.

No BIGBANG, o G-Dragon foi o que me chamou mais atenção. A voz dele soou única para mim. Eram necessários só dois segundos dele cantando para eu identificá-lo. Fiquei tão interessada que fui atrás de mais informações. Encontrei uma versão que ele fez para a música "This Love", do Maroon 5, e meu cérebro explodiu. Quer dizer, era uma música que eu conhecia bem, porém, ao mesmo tempo, não era a que estava acostumada a ouvir. Tinha a voz do G-Dragon e o rap, e essa mistura toda soou, de novo, estranha e legal.

Fui pesquisar e vi que o BIGBANG era coreano. Eu não tinha a menor ideia de que existia esse tipo de música na Coreia do Sul. Continuei lendo: K-Pop, empresas, artistas sendo chamados de *idols*, anos de treinamento para só então debutarem, *comebacks* e empresas que controlavam a carreira dos artistas.

Era um novo vocabulário e um outro jeito de fazer música que eu não conhecia. Assistindo a outros MV's, me lembrei de uma amiga que, uma vez, chegou a comentar a respeito do BIGBANG comigo, mas não dei atenção. Acho que pelo mesmo motivo que ignorei o K-Pop por alguns anos mesmo depois de ter gostado de tudo o que tinha visto até ali. Pensava:

Nessa época, eu não sorria por ter vergonha dos meus dentes.

"AH, K-POP É LEGALZINHO, MAS É ESTRANHO".

Como eu estava enganada. Mal sabia que a música coreana mudaria a minha vida.

Senti o que muita gente sente quando tem o primeiro contato com a música coreana: era novo, mas um novo esquisito. E eu não sabia dizer se era bom ou se faria meus amigos rirem de mim se descobrissem. **Às vezes, o mais importante para um adolescente é ser aceito.** Mas como ele tem a maior certeza do mundo de que tudo nele é motivo para piada, age da mesma forma que eu por alguns anos: fingindo ser o que não é, dizendo que ouve bandas que nem curte tanto, e negando gostos que podem ser considerados fora do normal.

Super Junior, ==TVXQ!==, BoA e Shinhwa eram alguns dos artistas coreanos que já faziam sucesso na época, mas eu só conhecia o BIGBANG. Por isso, coloquei algumas músicas do grupo na minha *playlist*, mas não segui adiante na minha pesquisa e não abandonei o que eu já gostava antes e o que era "aceito" na escola. O meu iPod, a essa altura, era uma mistura doida: músicas japonesas e coreanas, RBD, bandas *teen* emo como Fall Out Boy, Avril Lavigne, Blink-182 e também as queridinhas da Disney e famosinhas da época, como a Miley Cyrus.

Ah, e eu também tinha começado a gostar de Justin Bieber. Ele tinha acabado de aparecer.

2NE1

SÓ QUE TODA ESSA LISTA ERA SEGREDO.

Eu me importava com a opinião das pessoas, não queria ser rejeitada. Então, até comentava sobre uma ou outra música que gostava de verdade, mas as colocava no meio das bandas que eram mais bacanas de se citar em público, como The Strokes, Franz Ferdinand e Beirut. Não que eu não gostasse dessas, mas o real motivo para essas bandas estarem nas minhas *playlists* era porque eu sentia que precisava seguir o que era *cool*, e o que era *cool* bombava no Tumblr. Miley Cyrus e BIGBANG certamente não estavam incluídos na categoria.

Eu já estava com quinze anos, tinha uma rotina diária de estudos muito pesada, e tive que administrar meu tempo entre os livros e as minhas pesquisas na internet sobre grupos coreanos. Nesse meio tempo, fiquei sabendo que o BIGBANG iria gravar uma música com um *girlgroup* novo que era da mesma empresa. Era o 2NE1. Em uma primeira ouvida no trabalho delas, o que me veio à cabeça foi: "Elas são tipo a versão feminina do BIGBANG?". A segunda foi: "Mano, elas são o meu grupo favorito da vida!".

Eu me apaixonei pelo 2NE1! Me identifiquei com o grupo já no primeiro MV, que foi "Fire".

iPod que só tocava K-Pop.

17

Não eram meninas tentando parecer lindas para as câmeras. Elas queriam ser legais, descoladas, dirigiam motos, usavam uns óculos que normalmente eu acharia horríveis, assim como uns penteados doidos, tinham vozes fortes, dançavam coreografias legais, e tudo tinha personalidade. Eram mulheres reais, com uma beleza que fazia eu me sentir representada.

    Assistindo tanto a versão *Space* quanto a *Street* de "Fire", achei a CL linda por ser um mulherão com uma voz incrível, e ela estava sempre à frente, destruindo tudo no palco, sem dar a mínima sobre ter uma aparência perfeita. Também a Bom que, vestida de coelhinha, em "Fire", causou um contraste ao lado das outras colegas de grupo, cheias de atitude, que me impactou. Já a Dara, amei por estar com o cabelo preso sempre dos jeitos mais criativos e imprevisíveis, linda sem ser óbvia. Quando vi a Minzy, me identifiquei mais ainda. Gente, ela tinha bochechas, igual a mim! Eu tinha um pouco de vergonha do meu rosto redondo, mais de uma vez ouvi comentários maldosos sobre ele, então ver uma *idol* de um grupo incrível como o 2NE1, com uma característica parecida com a minha,

me fez pensar que, sei lá, talvez eu pudesse ser bonita e descolada também, mesmo sendo bochechuda. Assim como a Minzy.

No momento em que me tornei fã das meninas, me toquei de quanta coisa eu havia perdido naquele tempo longe do K-Pop. A minha reação foi revirar a internet atrás de todos os grupos, de todas as empresas e de todos os lançamentos que existiam na Coreia.

EU QUERIA SABER DE TUDO!

Nessa época, Facebook e WhatsApp ainda não existiam, então, eu entrava nas comunidades do Orkut para saber o que as pessoas que conheciam K-Pop estavam falando dos grupos que eu curtia. Guerra entre os fandoms já existia e, meu Deus, tinha muita treta. Eu era *blackjack,* nome do fandom do 2NE1. Então, torcia o nariz para o SNSD (Girls' Generation) e, às vezes, discutia com as sones porque o grupo delas era muito diferente do meu. 2NE1 focava na atitude e eu me orgulhava disso. Mas hoje me acho uma boba por pensar que havia melhor ou pior. Tanto que eu adorava SNSD, e a galera nem imaginava. Ouvia escondido "Gee" e "Run Devil Run".

O ranço de quem curtia BIGBANG e 2NE1, que são da YG, era com os artistas da S.M. Entertainment. Tanto que também havia rivalidade entre os fãs de BIGBANG e os de Super Junior. Nas tretas, eu ficava

do lado das *V.I.P.s*, nome do fandom do BIGBANG. "Como que pode um grupo com tudo isso de gente?", era o argumento que outras pessoas e eu usávamos para criticar o Super Junior. Mas, muitas vezes, digitava essas bobeiras enquanto ouvia "Sorry, Sorry", "Mr. Simple" e todas as outras famosas do SuJu. Tive a mesma resistência quando soube de um grupo novo da S.M. com doze membros que ia debutar: o EXO. Critiquei sem saber do que estava falando e, assim que saiu o álbum, calei minha boca. Porque tudo o que eu conseguia pensar era: "Ei, e não é que eles são muito legais?". Quando o EXO lançou a música "Growl", meu mundo caiu. Lembro até hoje que o primeiro membro que me chamou atenção foi o D.O. com os olhos e a voz muito marcantes. O álbum *XOXO* tocava no *repeat* sem parar. Também fiz algo que nunca achei que conseguiria: reconhecer e diferenciar cada membro, não só pela aparência, mas também pela voz. Como muita gente no início do contato com o K-Pop, eu batia o olho em um grande grupo e não via muitas diferenças entre cada membro. Mas, quando me tornei fã, nem lembrava mais como pude um dia ter confundido os *idols*. E as características, que eu não era capaz de perceber, pareceram ter saltado em cada um e feito tudo obviamente diferente: os timbres das vozes, a boca, as mãos, as sobrancelhas e até as pintinhas do rosto.

Acabei apaixonada pelo EXO. E desisti de vez dos ranços idiotas. **Dá vergonha me lembrar dessa fase em que eu acreditava que era necessário falar mal de um outro grupo para valorizar os meus favoritos.** Hoje, parando para pensar, vejo que estava atacando justamente uma das coisas que faz do K-Pop tão incrível, que é o fato de não existirem grupos melhores ou piores. Todos eles têm conceitos diferentes e, por isso, são tão legais.

No meu iPod (que já era *touch*), tudo foi ficando ainda mais misturado. Estava animada ouvindo todos aqueles grupos sensacionais da Coreia, mas ainda não tinha coragem de assumir tudo aquilo para o mundo. Só que a personagem que criei não se sustentou por muito tempo, porque logo comecei a me afastar mais e mais das bandas que meus amigos curtiam. Enquanto o meio indie lançava um álbum a cada dois anos, no K-Pop tinha novidade quase toda semana. E muitos outros artistas tinham entrado para a minha *playlist* além de BIGBANG e 2NE1. Eu estava curtindo Super Junior, Wonder Girls, Orange Caramel, IU, 2PM etc. Claro que uns me marcaram mais do que outros.

O grupo 4MINUTE, por exemplo. Até hoje uma das minhas músicas favoritas delas é a primeira que ouvi e não é assim tão famosa: "What A Girl Wants". A voz da Hyuna me pegou com a mesma força que a do G-Dragon. As duas com timbres característicos e inconfundíveis. Ou o SHINee, que conheci por meio do MV de "Lucifer" e, meu Deus, o cabelo do Key! Que coisa doida era aquela? Aí, me deparei com o

4MINUTE

ORANGE CARAMEL

dance practice da mesma música, aquele na sala pintada com nuvens da S.M., em que o Taemin está usando uma camiseta listrada que dá um efeito de ilusão de ótica meio psicodélico para o vídeo. Isso aconteceu em 2010 e eu nunca me esqueci. Aposto que os fãs que estavam nessa época também não.

Para dar mais espaço para eles, fui deletando todo mundo que não era do K-Pop. Os caras indies, a Miley Cyrus, a Hilary Duff, o RBD, e quando vi, não tinha mais mistura no meu iPod. Os artistas coreanos já tinham ocupado tudo. O que eu mais gostava era que o K-Pop me permitia estar próxima de diversos estilos musicais, desde os baladeiros, como "Oh Yeah" do MBLAQ e "Hands Up" do 2PM, até os mais calmos e fofos, como "Friday" da IU.

Na minha escola, convivíamos com muitos alunos de descendência asiática. E, uma vez, comentei com uma colega coreana da minha sala que eu conhecia K-Pop. Ela ficou muito animada. Na nossa conversa, descobri que havia grupos famosos na Coreia que não eram assim tão populares na internet. E recebi recomendações de músicas que, sozinha, jamais encontraria, como "8282" do Davichi; "One More Time", do Jewelry; e "Abracadabra", do Brown Eyed Girls.

É, não tinha mais como fingir para o pessoal da minha sala: o meu gosto musical tinha mudado completamente. Algumas vezes, tentei explicar para amigas mais próximas o que era K-Pop, falar do idioma, do estilo dos artistas, mas nenhuma delas compreendia. Na verdade, era mais como se elas não quisessem compreender. Estavam fechadas. Provavelmente por puro preconceito.

Na época, eu ficava um pouco irritada, mas hoje acho que entendo melhor. Querendo ou não, também ignorei aquela minha amiga que, anos antes, tentou me apresentar ao BIGBANG. Depois, no primeiro contato que tive com o K-Pop, preferi permanecer distante dele. **Acho que as coisas que não conhecemos e não entendemos bem nos causam incômodo. E não é todo dia que estamos a fim de mexer no que já está confortável dentro de nós. Dá preguiça, é como começar do zero.**

Por outro lado, se você decide deixar esse lugar seguro para trás e arriscar algo novo, que seja diferente do que já é comum para você a ponto de causar desconforto e curiosidade, é bem possível que você ganhe mais do que uma *playlist* mais eclética. Às vezes, a sua vida inteira pode mudar.

COMO ACONTECEU COMIGO.

Continuando a história: aos dezessete anos, eu estava no terceiro ano, me preparando para o vestibular. Era o meu sonho cursar Arquitetura. Há pelo menos três anos, levava uma rotina de estudos pesada, em que todos os dias eu sentava em frente aos livros e só saía tarde da noite. Na minha escola, as salas eram divididas por notas. Eu estava na segunda melhor e nós

Foto tirada no Anime Friends de 2008.

tínhamos provas todos os dias. E, para entrar na faculdade, como a concorrência era alta, eu estudava ainda mais. Então, mesmo exausta, continuava me cobrando. Até que a pressão foi demais para mim e meu corpo ficou muito fraco. Foi aí que comecei a ter crises de ansiedade.

Lembro quando tive a primeira crise. Foi na sala de aula. Eu estava sentada e, de repente, senti uma tontura muito forte e um mal-estar. Quase como um enjoo, mas não só no estômago, e, sim, no corpo inteiro. Passei tão mal que precisei ser carregada pela inspetora até a diretoria, onde aguardei minha mãe me buscar para irmos para o hospital. Chegando lá, fui examinada e o médico confirmou que, fisicamente, não havia nada de errado comigo.

As crises continuaram. O diretor sugeriu que eu fizesse uma visita à psicóloga da escola. Mas, por causa de uma prova, perdi a consulta, e a profissional não fez questão de me procurar de novo. É que a escola disponibilizava o serviço apenas para os melhores alunos. Como não fazia parte desse grupo, foi uma espécie de favor que ela estaria fazendo ao me atender. Ter perdido o horário com ela foi considerada uma falta grave, o que fez eu me sentir ainda pior.

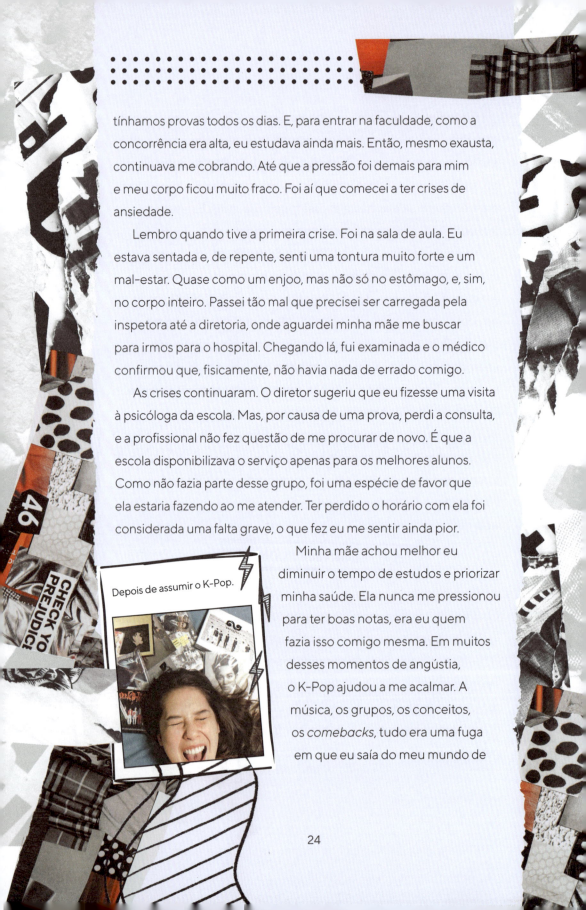

Depois de assumir o K-Pop.

Minha mãe achou melhor eu diminuir o tempo de estudos e priorizar minha saúde. Ela nunca me pressionou para ter boas notas, era eu quem fazia isso comigo mesma. Em muitos desses momentos de angústia, o K-Pop ajudou a me acalmar. A música, os grupos, os conceitos, os *comebacks*, tudo era uma fuga em que eu saía do meu mundo de estudos e de cobrança. Foi também quando comecei a me aceitar. Eu não tinha os gostos dos meus colegas da escola: não queria ouvir bandas ocidentais, nem assistir aos filmes de três horas de duração premiadíssimos e mentir que tinha gostado. Eu queria ver meus doramas cheios de romance, assistir aos MV's do 2NE1 usando aqueles óculos legais e cantar a minha *playlist* de K-Pop do jeito errado mesmo, já que não sabia falar coreano.

Eu tinha certeza de que estava por dentro de tudo sobre a música coreana, até perceber que tinha perdido de vista o grupo que, de cara, se tornaria o meu favorito junto com o 2NE1: o ==BTS==. Só os descobri em 2014, no dia em que eles fizeram o primeiro show no Brasil. E sabe como soube que os meninos estavam por aqui? Porque passei em frente ao lugar onde seria o show. A movimentação, a fila, a agitação na calçada, tudo me deixou curiosa. Investiguei e, ao saber que se tratava de um grupo coreano, fiquei indignada! Como assim estava acontecendo show de K-Pop no Brasil e eu não tinha ficado sabendo? E pior: perto da minha casa!

2015 - Foto do show do BTS no Brasil.

O BTS era de uma empresa menor, ainda não era tão famoso e, por causa disso, nunca tinha ouvido sobre eles. Busquei as músicas naquele mesmo dia e gostei de todas. Fiquei apaixonada, o que me deixou com raiva, porque simultaneamente, enquanto eu curtia mais e mais o grupo pesquisando no YouTube, os meninos se apresentavam do lado da minha casa.

POR QUE EU DEMOREI TANTO PARA ENCONTRAR O BTS?

Nessa época, eu já estava na faculdade. E foi aí que assumi o meu gosto de vez. Lembro até de um garoto da minha antiga escola que comentou no meu Facebook: "Eu não fazia ideia de que você curtia essas coisas". E também de um ex-namorado que ficava emburrado toda vez que eu colocava K-Pop para tocar no carro. Mas, nesse momento da minha vida, eu já não ligava mais. E não satisfeita em amar e ouvir K-Pop o tempo todo, criei um canal no YouTube para falar do assunto para mais gente.

21 anos, 2015. Uma das únicas fotos que eu tinha envolvendo K-Pop.

GABY

COMO EU POSSO DEFINIR A MINHA VIDA MUSICAL ANTES DO K-POP?

Acho que posso dizer que não era, assim, um passeio de helicóptero, mas ninguém estava andando de mula também. Só que fazia algum tempo que eu não era surpreendida. Eu ficava vagando entre Demi Lovato, Adele, Superbus e Justin Bieber. Quando queria me sentir um pouco mais clássica, arriscava um Frank Sinatra. Inteligente, Carmina Burana e Dream Theater. Se a vida andava sem grandes emoções, apelava para Whitesnake.

Mas, na verdade, estava vivendo em um coma musical. Nada do que eu escutava tinha força o suficiente para tirar um cabelinho meu sequer do lugar. E só descobri isso quando assisti a um MV de K-Pop pela primeira vez. A sorte foi a experiência envolver um dos MV's mais absurdos já feitos (e isso é um elogio).

Foi "Gangnam Style", do PSY.

Não sei como fui parar diante daquela obra-prima. E digo isso não com a pretensão de determinar qualquer coisa sobre a qualidade de "Gangnam Style". Eu não sabia se a música era tecnicamente boa. Mas ela foi boa para mim. Aquela criação espetacular do PSY me ressuscitou. Como se estivesse esbarrado em um fio desencapado numa poça d'água com o pé descalço.

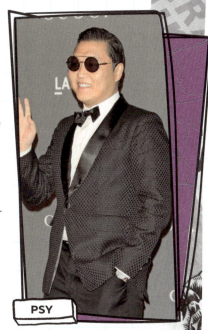

PSY

Na música e no MV, tudo me pareceu no limite, perto de explodir: as cores, o gosto para cenários, o senso para coreografias, o nexo. Qualquer gesto do PSY era desesperado por atenção, exagerado, esticado e tensionado até chegar ao fluorescente: ele tentando ser imponente dançando contra uma ventania de lixo, ou em um estábulo cheio de cavalos ruminando, ou no momento do surto olhando para a bunda de uma mulher aleatória fazendo ioga. O MV era gritante, como se todo mundo estivesse ali trabalhando sob a contagem de uma bomba-relógio. E essa urgência estava lá. E me fez aplaudir e dançar e berrar sozinha enquanto o assistia.

NÃO VIREI FÃ, MAS VI O MV MAIS DE VINTE VEZES.

Eu não tinha ideia na época do que era aquilo que o PSY estava fazendo. Já tinha ouvido o termo K-Pop, porém, não imaginava que existiam outros tão bons quanto ele na Coreia. E nas poucas vezes em que tive vontade de descobrir, não sabia como começar a procurar.

Ok, talvez eu não tenha me esforçado o suficiente. Afinal, Google está aí para isso. Mas hoje vejo como a preguiça me custou caro. Mais precisamente, dois anos inteiros sem nada de K-Pop na minha vida.

Eu gostei de One Direction. Imaginando que você possa não ter compreendido o peso do verbo na última frase, vou enfatizar e afirmar que realmente **gostei** de One Direction. Foi uma *boyband* que me fez comprar um álbum depois de uns quinze anos sem passar perto de um CD. Quando comecei a curtir a música chiclete da One Direction, eu tive um pequeno problema: o de ter me apaixonado por eles em 2012. Aos trinta anos.

Acho que é um consenso de que "One Direction" e "trinta anos" não deveriam estar na mesma frase, pelo menos se estivermos olhando pelo ponto de vista da sociedade e das suas expectativas em relação às pessoas que já saíram dos vinte e poucos. O mínimo que se espera é que essas pessoas não ouçam músicas feitas por gente muito mais jovem. Eu sabia disso.

Não vou dizer que virei uma fã. Ok, talvez eu tenha assistido a algumas entrevistas. E dado uma pesquisadinha rápida sobre o suposto relacionamento que Harry e Louis teriam tido. Mas não me entreguei ao desejo de saber tudo, de ter revista com eles na capa, nem de ter todos os álbuns.

POR UM ÚNICO MOTIVO: VERGONHA.

Lembro exatamente do dia em que uma colega de trabalho, mais nova do que eu, que também adorava 1D, perguntou alto na empresa: "Gaby, você viu o clipe novo da One Direction? Eu surtei tanto, está maravilhoso". Eu tinha tido a ideia brilhante de comentar em segredo com ela que estava curtindo as músicas deles, mas sem deixar claro que, pelo amor de Deus, aquilo era um segredo! Pensava que a minha colega carregava o mesmo constrangimento e, portanto, nunca contaria que ouvia *boyband* de adolescente. Mas ela não apenas contou. A frase dela ressoou pela sala cheia de

colegas de trabalho (eu deveria dar negrito no "cheia") com o mesmo efeito de uma piada sem graça. Dava para segurar o desconforto com a mão. Uma das minhas melhores amigas da época, que também trabalhava lá, virou o rosto na minha direção **em câmera lenta**. O nariz todo retorcido, as sobrancelhas parecendo duas cobrinhas vivas se movendo querendo atacar e a boca virando um risco.

Naquele dia, eu saí da sala sem dizer nada, decidida a sepultar a One Direction e tirá-la do meu coração.

Eu sei que não deveria ficar perturbada porque tinha alguém me reprovando. Se você for pensar, não faz muito sentido esperar que cada ser humano atenda a esses critérios universais pré-estabelecidos, sei lá quando e sei lá por quem, que afirmam que pessoas com trinta anos não podem ouvir música pensada para adolescentes, ainda que seja boa.

Depois, joguei tudo para o ar. Em algum momento de 2015, me aborreci com todas as músicas, os cantores e as bandas que eu conhecia. Nada daquilo estava fazendo sentido para mim, tudo parecia da mesma cor e da mesma textura. Sem gosto. Quando olho para essa época, não culpo as músicas que eu estava ouvindo. O problema não estava nelas. A culpa era minha. Eu precisava de um chacoalhão. Queria suspirar por uma bela discografia, assistir a um clipe sentada na ponta da cadeira sem relaxar o sorriso, me conectar profundamente com um artista, desligar a música para dormir e continuar sonhando com ela.

E então, quando a minha paixão por música já respirava por aparelhos na UTI, encontrei no YouTube o MV de "Sherlock", do SHINee.

Eu não lembro direito como, naquele ano de 2015, fui parar diante de um MV e de um grupo que continham caracteres coreanos no nome. O idioma ainda era algo alienígena para mim. Mas lembro bem do motivo de ter apertado o *play* em "Sherlock". Naqueles dias, musicalmente falando, eu tinha chegado ao fundo do poço. Estava quase desistindo de ouvir música, há semanas não tocava nada a não ser notícias no meu aparelho de som e nem minha *playlist* no pen drive eu levava mais para o carro. Foi desse buraco escuro que olhei para a miniatura no YouTube com cinco moços asiáticos encarando um *laptop*, um deles ostentando uma cartola, e pensei: "Dane-se, não tenho nada a perder mesmo".

A batida viciante amplificada na coreografia, o refrão frenético igual a um *plot twist*, o visual meio *hippie fashion*, meio *steampunk*, o moço

gato de aplique e roupa à la índio norte-americano, tudo me deixou fascinada. Quando terminou, parecia que eu tinha tocado em uma cerca elétrica.

Acho que assisti a "Sherlock", do SHINee, umas nove ou dez vezes seguidas no primeiro contato e segui assim por vários dias. Eu simplesmente não conseguia me cansar. O K-Pop tem uma intensidade que as músicas feitas em outros países não têm. Talvez seja a rotina exaustiva dos *idols* e a competição massacrante do mercado de K-Pop, com artistas treinando por mais horas do que o dia tem, passando fome e frio e calor e dor física. Ou talvez seja a cultura da Coreia, que direciona a criatividade de quem trabalha na indústria por um caminho que não é o nosso. E eu não estou dizendo que são melhores. Tem porcaria saindo da Coreia também, como em qualquer lugar do mundo. Mas até aquilo que não é tão bom tem alguma coisa que suga você. Nos MV's de K-Pop, nas performances dos *idols*, nas apresentações ao vivo e nos conceitos, tudo é tão entusiasmado e passional que você é puxado para dentro antes mesmo de conseguir dizer *bias*.

Algumas primeiras impressões sobre "Sherlock": meus olhos não paravam de seguir o moço cabeludo porque o rosto dele, escondido atrás da franja, me deixou intrigada. A ambientação do MV mudava e eu o perdia de vista. Nas partes dos membros do SHINee vestidos de detetive em trajes meio vitorianos, eu tinha certeza de que o moço de cabelo comprido nem estava mais lá.

Pensando em quais deles deveriam ser os mais populares entre as meninas, deduzi que fossem Jonghyun e Minho, por serem os dois com rostos mais quadrados

(padrões, por que demoramos tanto para mexer neles?). Também me perguntei se os membros do grupo eram mais cantores ou mais dançarinos, de tão impressionada que fiquei com a coreografia e com os vocais. Tudo era equilibrado, todo mundo parecia bom em tudo.

O refrão me fez ficar em pé todas as vezes em que o ouvi. E o "SHINee is back" me obrigou a entoar o hino com a mão sobre o coração. Ao final de tudo, a sensação inesperada de completude. "Sherlock" não foi um bote salva-vidas. Foi abrir o guarda-roupa e descobrir Nárnia.

A primeira atitude que eu tomei foi atualizar a minha *playlist* disforme, que havia virado um empilhado de músicas que eu ia encontrando e salvando pelo caminho, e não conversavam umas com as outras. Deletei as duzentas faixas e as substitui por um total de duas: "Sherlock" e "Hello", outra do SHINee que eu havia descoberto depois. Vai parecer esquisito, mas ouvi somente elas por um mês inteiro.

Como eu as ouvia no carro, um dia, uma amiga perguntou: "Gaby, o que é isso que você está ouvindo?". Me lembro de ter respondido: "É um grupo coreano", como quem diz: "Eu não faço a menor ideia".

Fui atrás de outros grupos para saber o que mais havia para se conhecer. Estava curiosa, empolgada, cheia de expectativa. Se apenas duas músicas haviam causado aquele efeito em mim, o que um gênero inteiro poderia fazer?

Quando vi, lá estava eu comprando o ingresso para ir ao show do BTS, curtindo as músicas deles e, para ser honesta, desde que tinha descoberto "Dope" nunca mais tinha voltado para "Sherlock" e "Hello". A essa altura, "Just Right", do GOT7, também havia entrado

na minha vida. Assim como "Call Me Baby", do EXO, que eu adorava cantar aos berros. E "Bang Bang Bang" do BIGBANG, que fazia eu me sentir meio fora da lei (mais tarde, descobriria que seria assim com tudo o que o BIGBANG produzia). Sentia uma vontade doida de ir para a balada de salto quando escutava "Genie" do Girls' Generation. E de ser descolada como a IU em "Thirty-three". Eu também adorava Astro, Seventeen, VIXX, Monsta X e tudo o que vinha do G-Dragon. Passei meses apaixonada por tantos grupos de K-Pop que a minha *playlist*, que havia começado com duas músicas, já tinha pelo menos umas cem nessa etapa.

  Comprei os ingressos para ver o BTS em um mês de novembro, em uma fase em que eu já tinha decorado a discografia do grupo. O show seria em quatro meses. Eu só não sabia que, nesse período de espera, me apaixonaria de novo.

  Aliás, por que nos tornamos fãs de um grupo ou de uma cantora ou cantor? O que nos faz amar este e não aquele? Como essa escolha acontece? Acho que, às vezes, não é necessariamente a qualidade musical que puxa alguém para um fandom. Tanto que, por toda a história da humanidade, vimos músicas ruins e artistas duvidosos reunindo seguidores. Claro que, para nós, o

nosso artista é sempre o mais interessante, a referência, o ponto de partida, o alfa e o ômega. Mas me parece que ser fã transcende a questão de gosto.

Eu não me espanto por "Dope", do BTS, ter viralizado quando saiu. O grupo tem energia, não há como negar. O questionamento do líder, RM, no início do MV, falando com o espectador diretamente, "Bem-vindo, é a sua primeira vez com o BTS?", parece ter funcionado e atraído as pessoas. Alcançou aos fãs, mas também despertou a curiosidade em quem ainda não conhecia o grupo tão bem. Algo, aliás, meio difícil de se imaginar que ainda exista hoje: alguém que nunca tenha ouvido falar deles.

O MV tem uma ideia simples, mas executada com inteligência. Transborda personalidade. A batida é contagiosa, a letra é excessiva e, por isso, viciante, e a coreografia é uma demonstração do que o BTS pode fazer. É empolgante assistir a "Dope". Ao mesmo tempo em que eles estão derramando talento, estão se divertindo. Cantando sobre gente que se sente um perdedor durante o dia, que trabalha até tarde da noite, mas que por dentro sabe quem é e, por isso, mantém a cabeça erguida. "Diferente dos outros caras, eu não quero dizer, sim (...) Porque nós temos fogo. Eu tenho que conseguir. Eu tenho que conseguir." Por favor, é música que cura melhor que remédio!

A energia me cativou. E eu fiquei com o BTS por um período. Estava sendo muito, muito divertido. Até que o Taemin estragou tudo.

Enquanto eu passeava, empolgada, por todas as praças do K-Pop, cheguei a cruzar com o MV japonês de "Sayonara Hitori", do Taemin. Eu sabia que ele era o membro mais novo do SHINee, mas não dava a mínima para ele. E, bom, nem eu acredito em mim quando digo isso

em voz alta, mas assisti a uns quarenta segundos de "SayoHito" e odiei o MV e a música. Ele dançava vestido igual a um guerreiro de um jogo de videogame em meio a um monte de lava vulcânica. E mesmo tendo compreendido as referências, eu tinha achado tudo aquilo um tanto... Cafona.

HERESIA, EU SEI.

Acredite, é com dor física que admito isso: eu não dava a mínima para a carreira solo dele.

Cometi pecados, me envergonho deles, mas conto aliviada por ter me arrependido de cada um. E a minha maior alegria é lembrar do dia em que sentei no computador decidida a dar uma segunda chance ao Taemin.

Era madrugada, digitei "Taemin" na barra de busca do YouTube. Apareceu o MV de "Danger". Cliquei. Nocaute.

Pode ser que o que transforme você em fã de um grupo e não de outro, desta cantora e não daquela, do cantor X e não do Y, não sejam apenas fatores como qualidade técnica do trabalho, beleza e carisma. Não é uma regra que iremos gostar do que canta ou dança melhor. Há nomes no K-Pop que sei que são incríveis, mas que, quando vejo se apresentando ao vivo, me dão sono.

Talvez o melhor artista seja o que se conecta com você em um nível que vai além do intelectual, que te alcança de uma forma que não pode ser medida pela eficiência dele em manter o tom ou de alcançar notas altas. Há vozes que têm uma melancolia ou uma paixão que ressoam dentro de nós. *Idols* que dançam e evocam emoções e sentimentos. Músicas e MV's que não são apenas bonitos, mas únicos ou diferentes. Artistas que têm uma habilidade de interpretar uma canção e fazer você, que está assistindo, se importar.

E foi exatamente o que aconteceu quando assisti ao MV de "Danger". Enquanto o restante do K-Pop estava me deixando feliz e entretida, o Taemin me deu um beijo no lugar mais profundo da minha alma. E, assim, me arrastou de uma vez por todas para a Coreia.

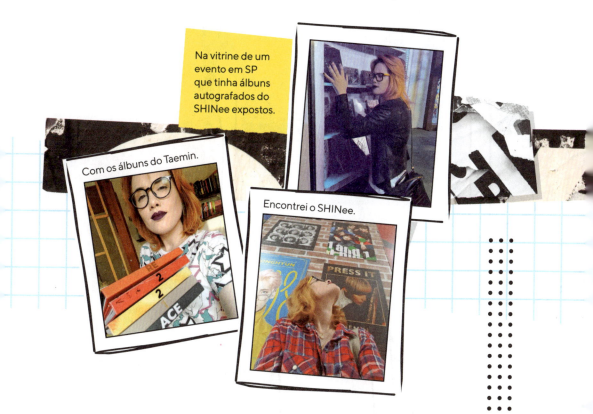

Na vitrine de um evento em SP que tinha álbuns autografados do SHINee expostos.

Com os álbuns do Taemin.

Encontrei o SHINee.

QUAIS GRUPOS SÃO OS MEUS?

나의 최애 그룹은?

MIDORI

Virei fã do 2NE1 em 2009. O que quer dizer que eu era *blackjack* quando elas explodiram na Coreia, estava lá quando os rumores de *disband* começaram, acompanhei, ainda que de longe, a apresentação surpresa das meninas no Mnet Asian Music Awards (MAMA) de 2015, uma das premiações mais famosas da Coreia, e vivi um dos momentos mais tristes desse tempo em que estou no K-Pop, que foi o anúncio de que o meu grupo favorito chegaria ao fim.

Foram anos curtindo as músicas, acompanhando cada *comeback*. Revendo os MV's. E, mais recentemente, passando raiva ao pensar que elas foram embora do K-Pop cedo demais. Mesmo o 2NE1 tendo acabado, ainda é o meu grupo favorito. E acho que sempre será.

Que saudades me dá dessas lindas.

Todo mundo conheceu 2NE1 pela música "I Am The Best". Era a mais comentada e a que mais tocava. Mas vários *blackjacks* e eu não achávamos que era uma das faixas mais legais da discografia. Eram tantas músicas boas! "I Don't Care", "Gotta Be You", e "Don't Cry", solo da Bom, e, claro, o solo da CL! Quando a líder do grupo debutou com "The Baddest Female", eu só não berrei porque vi o MV durante a aula de informática da faculdade. Eram sete da manhã e eu já estava empolgada, desconcentrando meus colegas de Arquitetura que estavam trabalhando no AutoCAD, enchendo o saco deles: "Ei, ei, olha esse MV aqui, é da CL! Ela é do meu grupo favorito! Mano, olha como ela é legal!".

Com um pequeno pôster da CL nas ruas da Coreia, o único relacionado ao 2NE1 que consegui encontrar na vida.

Quando vieram os rumores de *disband*, que iniciaram em 2015, eu não queria acreditar. O grupo estava sumido há algum tempo, mas eu ainda tinha esperança de que elas voltariam.

Aí rolou aquela apresentação surpresa no MAMA e, mano, que incrível! Eu lembro do palco escuro e aí uma corneta de cavalaria e, em seguida, a voz da CL cantando o rap do jeito característico dela e, quando ela aparece, o teatro inteiro quase cai de tanto que a plateia grita. Era a música "The Baddest Female", depois veio "Hello Bitches", e quando a gente não estava esperando, as outras três meninas surgiram do chão para todas cantarem juntas "Fire" e "I Am The Best".

FOI DE ARREPIAR.

Essa aparição do 2NE1 me deixou tão animada que eu tinha certeza que as veria no ano seguinte, quando fosse morar na Coreia e, desta vez, ao vivo. Só que em vez de vê-las em Seul, recebi uma má notícia: o *disband* foi anunciado. E mesmo que não tenha me pegado de surpresa, eu fiquei muito, muito triste.

Um dos motivos que me faz amar tanto o 2NE1 é que a força do grupo não vinha de um rosto do padrão coreano, nem de um marketing supereficiente, muito menos de coreografias que eram supercomplexas.

A força do grupo vinha delas.

Era o que contagiava a galera quando o 2NE1 se apresentava. Cada uma com personalidade e talentos muito diferentes da outra e que, no palco, se completavam.

A integrante que eu mais curtia era CL. Ela era linda, mas de um jeito que não era comum. O quadril era grande, as coxas também, e CL adorava rebolar enquanto balançava o cabelo para todo o lado, nem aí com parecer arrumada ou certinha em frente às câmeras. Era incrível! Podiam ter cem pessoas no palco. Se a CL estivesse entre elas, seria o centro, mesmo que não se esforçasse. Era poderosa porque, em tudo o que fazia, CL era ela mesma. E essa é uma mensagem muito legal de se passar para garotas que se olhavam no espelho e não amavam tudo o que viam, exatamente como eu naquela época.

Garotas são lindas por serem quem são. E não por se encaixarem em determinados padrões.

E, pensando sobre isso, lembro da música "Ugly", em que elas cantam sobre, muitas vezes, se sentirem feias em relação a outras pessoas. Mas também de um trecho em que CL diz em "The Baddest Female":

THIS IS FOR ALL MY BAD GIRLS AROUND THE WORLD. NOT BAD MEANING BAD, BUT BAD MEANING GOOD, YOU KNOW?

CL

Ou seja: "Isso é para todas as minhas garotas más ao redor do mundo. Não 'más' significando más, mas 'más' significando 'boas', entenderam?".

ENTENDEMOS, SIM, CL. SOMOS GAROTAS INCRÍVEIS. COMO UM TODO.

Minha amiga Sara e eu em frente a YG, empresa do 2NE1.

Por isso, acho que não faz muito sentido, para mim, quando vejo pessoas comparando 2NE1 com Blackpink, definindo quem é pior ou melhor.

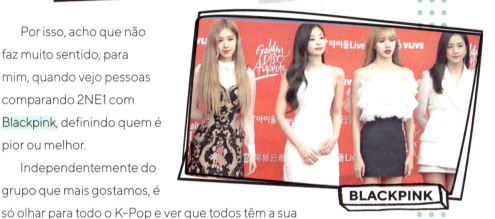

BLACKPINK

Independentemente do grupo que mais gostamos, é só olhar para todo o K-Pop e ver que todos têm a sua importância. Os *idols* do passado abriram portas e criaram o que hoje é inspiração para os do presente. E os do presente aprenderam com a história dos mais antigos para inovar e fazer essas coisas diferentonas que a gente tem hoje. **Então, por que arrumar treta na internet entre fãs mais novos e mais velhos se todos os grupos tiveram seu papel na história do K-Pop?**

Ah, e já que eu falei de passado e presente, preciso mencionar outro grupo que me marcou, o EXO, que tem um dos melhores álbuns do K-Pop inteiro na minha opinião: o *XOXO*. Sou apaixonada até hoje por esse álbum, escuto direto!

O que mais me impressionou no grupo na época em que os conheci foram os vocais. O MV que me ajudou a constatar isso foi o de uma versão ao vivo da música "Baby Don't Cry". Os agudos do Chen, as *high notes* do Baekhyun, aí o rap mais lento e grave do Chanyeol, e a voz do D.O., que é a minha preferida, me arrepiaram inteira. Vira e mexe estou assistindo ao MV e me apaixonando de novo e de novo.

Mas também foi acompanhando o grupo que vi o lado negativo do K-Pop. A saída dos membros foi um choque para mim. E me fez compreender como as empresas coreanas de entretenimento podem ser desumanas ao tratar os *idols* como produtos. A gente sabe que música em qualquer lugar é comércio, mas, ainda assim, é um trabalho feito por artistas que são pessoas. E, por isso, na época, me assustou ver o EXO sendo desmontado com tanta frieza. Como eu já tinha me apegado, cada membro que saía era uma facada, e foi uma atrás da outra. O fato de o EXO ter se mantido de pé, crescendo *comeback* após *comeback*, só me faz respeitá-los ainda mais.

E, por último, o BTS.

Se com o 2NE1 me tornei fã no primeiro contato, com o BTS foi gradativo. Eles me conquistaram aos poucos e, quando percebi, já era muito *ARMY*. Uma das músicas que me aproximou deles foi "Danger". Assisti ao MV em 2014, logo que foi lançado. Era uma mistura de várias coisas que eu curtia. Tinha os raps, mas também as partes de vocal. Me chamou

Chanyeol, um dos meus primeiros *bias*!

atenção os meninos com os olhos maquiados, pintados de lápis preto, e roupas tipo jaquetas de couro e calças rasgadas, mas nada era gótico demais, nem *dark* demais. Os cabelos não eram comuns, mas também não eram muito conceituais como a gente via em outros MV's de K-Pop. O BTS mantinha a ideia de "meninos normais" mesmo com todo o conceito de atitude e roupas estilosas. Eu adorei aquilo. A ideia de gangue urbana e moderninha, os raps e as notas agudas, a atitude, a coreografia meio nervosa, a batida, tudo estava bem dosado.

O membro que mais me chamou a atenção foi Jimin. Ele tinha a coisa do garoto perigoso, que usava boné de aba reta e estourava um saco de boxe, mas tinha o lado bonitinho de sorrir com os olhos. Também lembro da minha primeira impressão sobre o Suga, o garoto com um rostinho meigo fazendo raps super-rápidos e poderosos.

E, nesse primeiro contato, encontrei mais um fator a respeito do BTS que achei muito amor: um álbum com **muitas** músicas. Eu sempre adorei álbuns longos! E *Dark & Wild*, que tinha sido lançado bem nessa época junto com o MV de "Danger", tinha um total de quatorze músicas! E não era uma *tracklist* grande com um monte de faixa de enrolação. Todas, **todas**, eram boas.

Quando cheguei à Coreia, em 2016, o grupo que eu mais encontrava em pôsters na rua era o EXO! Claro que tirei a foto típica de fã.

J-HOPE, JIN, JIMIN

Meu interesse pelos meninos seguiu a evolução deles como grupo. A cada *comeback*, o BTS só melhorava e eu ia ficando mais viciada. Me tornei fã assumida com o lançamento de *The Most Beautiful Moment In Life pt. 1*, e os MV's de "Dope" e "I Need U". Surtei com esse *comeback*. Mais uma vez, tudo era muito bom! "Dope" me passava a sensação de uma música feita para curtir. Eu adorava mostrá-la para os amigos (quem nunca mostrou esse MV para a outra pessoa esperando ela se impressionar com a coreografia, né?). Já "I Need U" contava a respeito do lado mais jovem e humano deles, principalmente na versão original do MV. Ao vê-los vulneráveis, senti vontade de protegê-los.

Logo em seguida veio "Run", em que o MV mostra os sete se divertindo, ao mesmo tempo vivendo dificuldades, e você se identifica porque parece muito com a vida real. A própria letra diz: "Vamos correr, correr, correr mais uma vez! Está tudo bem se cairmos, vamos correr, correr, correr mais uma vez! Está tudo bem se nos machucarmos".

Foi muito legal ter conhecido o BTS lá atrás porque consegui acompanhar o fenômeno mundial acontecendo. Cara, o esforço e o trabalho deles para construir a carreira são admiráveis. Quando morei na Coreia, em 2016, fui a um show do grupo no Olympic Park, um dos menores estádios de Seul, e o que é engraçado de lembrar desse show é que comprei o ingresso muito de boa. Aliás, teve gente que comprou ingresso na entrada, no dia do evento. Havia lugares sobrando. Ah, e nenhum dos goodies esgotaram. Tinha camiseta, tinha

N. da E.: *goodies* são itens com a logomarca dos grupos, é o mesmo que *merch* de qualquer outro tipo de show.

chaveiro, tinha tudo! Tanto que comprei algumas coisas só depois do show, sem enfrentar fila nenhuma.

Oito meses depois, o BTS realizou outro show na Coreia. Eu fui despreparada para o que encontrei. Achei que seria a mesma tranquilidade da vez anterior. Mas o estádio era bem maior. Os ingressos tinham esgotado em pouquíssimo tempo. As filas para comprar os *goodies* estavam imensas. Me assustei ao saber que as fãs tinham ido para o local de madrugada. Não era o mesmo BTS. Em questão de meio ano, o grupo tinha triplicado de tamanho.

Quando cheguei em Seul para estudar Arquitetura, muitos coreanos me perguntavam sobre meus grupos de K-Pop favoritos. Eu respondia: "Gosto do Bangtan", e ficava chocada ao escutar que ninguém os conhecia. E, no Brasil, um país bem distante da Coreia, todos os *capoeiros* já estavam curtindo "Fire" e todas as outras músicas do grupo. Enquanto no Brasil o BTS já tinha viralizado, na Coreia, muita gente não fazia ideia de que o grupo existia.

As mídias sociais foram fundamentais para o sucesso deles. Acho que dá para destacar o Twitter, que ajudou as

Mais uma foto com um pôster do Chanyeol.

Meu primeiro show do BTS na Coreia em 2016 junto com o Jimin.

Pôster do Jimin em um evento em Campo Grande. Não resisti e tirei foto!

Ando com esse abanador do Jimin pra todo lugar! Hoje em dia, ele esta todo amassado, coitado!

músicas a chegarem a muitos fãs internacionais. Morando na Coreia, consegui ver esse processo bem de perto: ao mesmo tempo em que eu via o BTS bombar nas redes sociais e os MV's crescerem sem parar em visualizações, eu conversava com as pessoas na minha faculdade e era como se o grupo sequer existisse. Isso se deve ao fato de o grupo não aparecer muito em programas de TV na Coreia e, como lá a televisão ainda é o carro-chefe para tornar um grupo conhecido entre os coreanos, o BTS acabou ficando de lado.

Acho que só comecei a ouvir BTS tocando nas lojas e nos lugares públicos em Seul depois que eles receberam o reconhecimento da

Minhas primeiras compras de K-Pop da vida! A primeira ARMY BOMB, os *The Most Beautiful Moment in Life Pt.2* e um abanador de brinde.

Este comercial do BTS ficou famoso pelo tamanho realista da impressão.

Billboard. Uma pena que, muitas vezes, só valorizemos a música do nosso próprio país quando ela ganha reconhecimento de fora. Com o passar dos anos, o BTS foi crescendo cada vez mais. Lembro até quando uma amiga chinesa que, em 2016, ignorou as músicas do BTS que mostrei para ela, dois anos mais tarde, me ligou empolgada, pedindo para eu ir com ela no show do grupo em Paris.

Parece que o jogo virou, não é mesmo?

E tudo bem! O que nós, fãs, mais desejamos é o sucesso do nosso grupo preferido, e foi isso que o BTS conseguiu. Juntar fãs de todos os cantos do planeta e fazer o mundo prestar atenção na cultura coreana.

Yucy, a amiga que não ligava pro BTS e agora, olha só...

GABY

ATENÇÃO: CONTÉM PUXA-SAQUISMO, RASGAÇÃO DE SEDA E PARÁGRAFOS MELOSOS.

Algo dentro do meu coração me diz que eu deveria estar falando a respeito dos grupos que mais gosto fazendo uma apresentação no PowerPoint. Porque começo contida, bem-comportada, mas no decorrer do discurso o negócio vai desandando e, de repente, estou dando uma palestra no TED.

Então, vou pular a parte da timidez e ir direto para o discurso mais passional. E já vou chegar dizendo que jamais me esquecerei da madrugada em que encarei Lee Taemin, bem nos olhos, pela primeira vez. Foi como ter um *insight*, só que do tamanho de uma pirâmide.

Abraçando a foto do Taemin no SMTOWN Museum.

O ano era 2016. O mês, fevereiro. O dia, um sábado. O grupo predominante no pen drive do meu carro, BTS.

Para que a intensidade desse momento decisivo da minha vida, em que vi uma luz e no meio dela, um homem magro, de cabelo platinado, blazer de listras grossas pretas e vermelhas de paetês (atenção, eu disse *paetês*) e exibindo uma guitarra em forma de um rifle (atenção, eu disse *em forma de um rifle*), é preciso resumir como era Taemin até aquele exato instante do ponto de onde eu o enxergava.

Meu vício era BTS, mas, de vez em quando, voltava para os poucos MV's do SHINee que eu curtia. Sempre observava o Taemin intrigada, sentindo um tanto de compaixão. Porque, em pensamento, conversava comigo mesma: a vida dele não devia ser das mais fáceis. Afinal, além de ser bem sem gracinha em comparação aos outros membros do SHINee, o rapaz tinha um trabalho solo esquisitinho, com umas músicas mela-cueca e uns MV's em que ele dançava em rochas flutuantes e lava de vulcão, vestindo um *hobby* japonês

que, inevitavelmente, me remetia a um que minha Tia Leonir usava quando eu era criança. E, aqui, me refiro a "Sayonara Hitori".

Calma. Não me xingue nem encomende minha cabeça ainda, essa história termina bem, prometo.

Por um tempo, vivi assim, cruzando com as apresentações do Taemin no YouTube, mas desviando de todas elas. E com cara de pena ainda por cima, olhando na fotinho da miniatura do vídeo para o moço que, achava eu, não chegaria muito longe se seguisse na carreira fazendo a linha *live action* de anime. E cheia de minhas certezas, partia para o próximo MV do BTS.

Eu não sei bem o que me fez sentar em frente ao computador naquela madrugada e dar uma segunda chance ao Taemin. Talvez os cosmos, talvez o meu tédio, talvez eu só estivesse em busca de algo para criticar. O que sei é que pulei de ponta no trabalho do membro mais novo do SHINee e, despreparada, acreditei que estava mergulhando em uma piscina de plástico. **Mas assim que a música começou, percebi logo que eu tinha saltado em mar aberto. Sem remos, sem bote, sem ajuda. À deriva, vulnerável, em perigo.**

E ainda que o MV de "Danger" tenha sido igual olhar para o céu e ver três sóis, o vídeo em que cliquei na sequência, sedenta por mais do que aquele homem podia fazer com música, foi o que me desorganizou inteira. Era a performance do Taemin para o Style Icon Asia (SIA) de 2016, em que ele apresentou "Drip Drop", "Press Your Number" e "Soldier".

A abertura, com um curto solo de dança, já desajustou meu coração. Então, vi Taemin posicionado de costas, terno comprido branco, camisa listrada, cabelo molhado, dançando "Drip Drop" e depois "Press Your Number". Tão lindo que parecia não ter o tamanho de um homem, mas a altura de um prédio, o olhar de um lince, o corpo que se movia com a intenção de produzir tempestade, os pés que deslizavam no chão como se a melodia saísse deles.

Eu nunca tinha visto aquilo nos meus trintas e poucos anos fuçando atrás de música.

Aí, veio a introdução de "Soldier". Eu não conhecia a música naquela época e só as primeiras notas levaram todo o meu oxigênio.

Então, Taemin saltou para cima de um piano. Algo na maneira como ele se mantém parado, aguardando seu momento de cantar, me transmitiu beleza, mas não a humana. A das poesias, em que há angústia, verdades jogadas aos céus e sentimentos que ainda não possuem nome. Meu coração acelerou mais. Ele cantou a primeira frase e algo no meu peito começou a arder, a queimar, meus pulmões, tentando respirar ar rarefeito.

A catarse me acertou e, de repente, Taemin tinha escapado da tela. Agora ele estava dentro de mim. Me percorria por debaixo da pele, segurando a minha alma nos dedos, tocando cada um dos meus segredos, beijando a minha fragilidade e transbordando com a voz o que eu nem sabia que estava deserto. Quando a apresentação terminou, as lágrimas caíam no meu rosto congelado.

E aí, o choro veio, galopante. E não parou por uns vinte minutos. Como o moço que usava o *hobby* da minha Tia Leonir tinha feito aquilo? Me dado aquela surra digna de chamar a mãe? Eu ignorava aquele rapaz e agora lá estava eu, absurdamente, ridiculamente, faraonicamente apaixonada por ele.

Foi o momento mais Susan Boyle da minha vida (atenção, eu disse *Susan Boyle*).

Tá aí uma coisa que o K-Pop me forçou a fazer, uma, duas, várias vezes: rever minhas opiniões, revisitar meus gostos, amassar minhas certezas e desenhar outras. Foi só enfrentando o K-Pop que me dei conta de como andava escrava de tudo o que havia cristalizado o meu gosto musical, fosse hollywoodiano, fosse europeu, fosse de onde fosse. Eu caminhava por aí acorrentada e nem tinha notado.

Terminei aquela madrugada sem rumo, procurando por uma direção, tentando descobrir para que lado ir. Achei que, com o tempo, o mar perderia força e lidar com Taemin ficaria mais fácil. De novo, errada. Toda as vezes em que ele fez um *comeback*, embarquei na mesma montanha-russa, com o carrinho partindo nos trilhos e terminando no meio do oceano, comigo abraçada a todas as minhas expectativas superadas, afundando sem qualquer esperança de me salvar.

E aí, a minha atenção, que andava ajustada no modo *ARMY*, foi totalmente roubada.

Taemin também me levou de volta para o SHINee. A primeira dúvida que me ocorreu assim que terminei de conhecer o trabalho solo foi se eu tinha ouvido direito o grupo de onde ele tinha saído. Afinal, toda aquela qualidade musical deveria ter uma origem. E eu precisava entendê-la, saber com quem ele tinha aprendido a ser tão brilhante.

Toda vez que penso que, em 2015, ouvi SHINee distraída e que os deixei passarem reto por mim, fico profundamente tentada a acertar o meu crânio com uma chave de fenda. A fúria aumenta em escala exponencial quando me vem à mente que parei para entender o que os meninos estavam fazendo só no início de 2017. Era a época de *1 of 1* e, se alguém aqui ainda não ouviu essa obra magnânima do K-Pop, faça o favor de tomar providências, porque dizem por aí que a praga para quem cochilou para esse álbum envolve pó de mico e a versão em japonês de "Lucifer" tocando no repeat.

VOLTANDO...

Quando digo "entender o que o SHINee estava fazendo", me refiro a desligar todo o barulho ao redor e realmente ouvir. No K-Pop, há grupos que cantam mais alto e carregam holofotes maiores. E, no meio de todas as luzes neon e das cores estouradas, é compreensível que o SHINee passe invisível no radar de muita gente, como aconteceu comigo. Contribui também o tempo de existência, e SHINee não é mais novidade, eu entendo isso. Onze anos de carreira podem dar a um grupo coreano uma bengalinha. Mas meu SHINeezinho é obcecado em experimentação. E, como um mapa do tesouro, nem sempre entrega fácil o que tem de melhor. E eu peguei minha pá, meu mapa e fui cavar. Horas depois, eu tinha achado o lugar onde estava enterrado o ouro. SHINee o escondia dentro da discografia. Cada disco tinha um motor com combustível suficiente para me levar muito longe. Também encontrei batidas retrô deliciosas, letras de fazer qualquer um que já teve o coração partido ao se apaixonar aplaudir de pé, vocais com intenção,

corajosos, que dava quase para pegar com a mão de tão sólidos, e uma beleza sutil em artistas que não queriam me conquistar com um buquê de flores, mas com um sentimento sussurrado perto do meu ouvido.

E o mais incrível era que do primeiro álbum até o último, nada se parecia, nem se repetia. O grupo experimenta, ousa, surpreende, e mesmo que você escute dez, quinze vezes, sempre tem algo para ser descoberto.

E sabe, eu poderia ficar aqui dando argumentos técnicos para embasar a minha tese de que o SHINeezinho é perfeito, mas, no fim do dia, acho que o que está por trás da minha decisão de me tornar *shawol* está em como a história musical deles faz eu me sentir.

A música "I Say" me transporta para uma festa, em que eu estou de vestido vermelho e os meninos estão cantando só para mim. "Why So Serious?", para um show de rock. Amo a sensualidade escondida em "Prism" e a nem tão escondida assim em "Chocolate". Ah, e enquanto "Savior" remove todo o sedentarismo de mim e me arranca da cadeira, "Picasso" me leva todo o mau-humor e a frustração. "Your Number" me dá a chance de ser a garota mais desejada do mundo. Também vale citar que sou incapaz de cantar "Tell Me What To Do" em um volume civilizado. E o que dizer de "Replay"? Representatividade pura?

Ah, os grupos *ultimates*. O que é isso exatamente que sentimos por eles? Essa mistura maluca de amor que queima de verdade, mas é tão anônimo e platônico que em alguns dias têm a consistência de fumaça? Às vezes, *ultimates* têm gosto de bolo de chocolate e, em outras, de caco de vidro. Algumas vezes, aquilo que o K-Pop nos dá parece insuficiente perto do preço que ele cobra em troca. Em outras, porque ele garante que nos fará felizes para sempre. E não cumpre com a promessa.

FOI ASSIM QUANDO JONGHYUN MORREU.

Ver o SHINee com apenas quatro membros exigiu mais de mim do que eu imaginava. Levou um pouco da minha alegria, da minha força e da leveza que antes eu sentia ao falar do meu grupo favorito. Ainda que o luto já tenha completado o seu ciclo, é como se o corte voltasse a doer de tempos em tempos. Por ter sido profundo demais.

A roupa de fã era fácil de levar. Em muitos dias, SHINee era o meu silêncio quando o mundo real estava gritando alto demais. Porém, depois do que houve em dezembro de 2017, ficou mais difícil ser *shawol*. **Passei a ser uma pessoa que insistia em caminhar com naturalidade usando um traje de mergulho. Era sufocante, pesado e machucava.**

E ainda machuca. Muito.

A prova de fogo veio em 2018, com o *comeback* de *The Story Of Light*, o primeiro do SHINee sem Jonghyun. O anúncio de que haveria um álbum para marcar os dez anos do grupo me assustou. E quando a primeira parte da trilogia saiu, lembro de encarar a *playlist* apavorada.

Eu estava na Coreia e um dia, sem as minhas amigas, fui sozinha à gravação de um programa de TV do qual o SHINee participaria. Só aí, no caminho, resolvi escutar o álbum com atenção. A saudade do Jonghyun, o sofrimento pela tragédia, a dor por tudo o que o SHINee representava ter sido arrancado de mim sem permissão, se empilharam e eu desmoronei dentro do metrô.

Ouvindo a primeira parte de *The Story of Light*, cada faixa me cortava como uma faca afiada. Era impossível olhar para aquele *comeback* e separá-lo do contexto. Estávamos todos sofrendo juntos, e as músicas representavam o que muitos estavam sentindo, inclusive eu. Era um álbum visceral porque o relatado ali não era ficção. Como o trecho de "I Want You" diz:

QUANDO EU ACORDO, (...) ENFRENTO A REALIDADE NOVAMENTE. (...) SE EU PUDESSE FICAR PRESO NESSE SONHO (...)

Foram altos e baixos durante aquelas três semanas de promoções do grupo, em que eu variava entre estar muito feliz por um álbum tão maravilhoso e por uma trajetória musical tão incrível, e estar triste por tudo o que tinha acontecido e havia se tornado parte da história do SHINee. Eu quis deixar a música para trás em muitos momentos. Mas, ao mesmo tempo, a decisão dos meninos de se abrir daquela maneira, com uma honestidade de rasgar a alma, transmitindo exatamente o tamanho da tristeza de ter perdido alguém que eles amavam, e ainda uma visão otimista do futuro, me fez ficar. **Se eles, que precisavam lidar com a maior dor de todas, tinham permanecido, por que eu desistiria da música que eu tanto gostava e iria embora?**

Algo que também me ajudou a enxergar as coisas com um pouco mais de otimismo me ocorreu assim que parei para pensar melhor sobre o nome do álbum. Me emocionei ao perceber que o SHINee escolheu um jeito muito bonito de representar tudo o que houve. *The Story of Light*, A História da Luz, que tinha nascido de um momento muito escuro, em que quatro artistas abriram mão de uma dor pessoal para transformar o sofrimento em um dos álbuns mais incríveis da trajetória do SHINee. Como eles cantam em "Our Page":

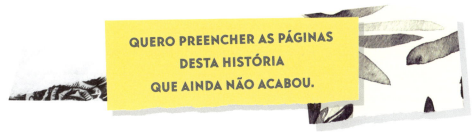

QUERO PREENCHER AS PÁGINAS DESTA HISTÓRIA QUE AINDA NÃO ACABOU.

Hoje, já consigo olhar para tudo com um pouco mais de tranquilidade e entendimento. Gosto de revisitar o trabalho maravilhoso que o Jonghyun criou. Falo dele para as pessoas sempre que posso, com muito carinho, e dos álbuns solo que são verdadeiras joias. Me sinto livre para amar não só o SHINee de antes, mas também o SHINee de agora, com Onew, Key, Minho e Taemin.

Uma vez ouvi que não é você quem escolhe o grupo *ultimate*, é ele quem te escolhe. Essa frase sempre me pareceu incompleta.

Chorei igual a uma doida caminhando pelo SMTOWN Museum, quando visitei Seul, na Coreia do Sul, em maio de 2018, vendo nas paredes a história do SHINee contada por meio de fotos e objetos. **Primeiro, pensei que fosse a genialidade do conjunto da obra que tivesse me tocado. Mas, na verdade, o que me emocionou foi ter visto a mim mesma naquela trajetória.** Eu me reconheci em cada música. Todas as partes da história deles tinham algum significado e moviam um sentimento dentro de mim.

Então, acho que grupo *ultimate* vai além de uma escolha. Há artistas que nos inquietam e nos desorganizam ao ponto de nos transformarem e serem parte do que nos tornamos. Talvez eu não tenha escolhido o SHINee, nem eles tenham me escolhido. O correto seria dizer que nossas histórias se misturaram. E não há mais como separar uma da outra.

Em frente ao estúdio de rádio em que Jonghyun gravava o Blue Night.

Álbuns do SHINee e eu na Coreia

Abraçando o ursinho do SHINee na K-Star Road.

AS VEZES QUE VI O K-POP AO VIVO

직접 눈으로 케이팝을 만났을때

MIDORI

Até hoje não acredito que tive uma DR com um ex-namorado por causa da integrante do Akdong Musician (AKMU). Ok, deixa eu contar isso direito.

Eu adoro Akdong Musician. E na Coreia, em janeiro de 2017, meu namorado da época e eu tivemos a chance de ir a um *fansign* deles. Diferente de como acontece nesses eventos, em vez de os irmãos Lee Chan-hyuk e Lee Su-hyun receberem as pessoas para a assinatura do álbum separadamente, cada fã conversava com os dois ao mesmo tempo. Eu fui primeiro, meu ex-namorado seria o próximo. Na minha vez, estendi o álbum e lembro da felicidade deles ao verem uma estrangeira entre os fãs. Eu ainda não tinha dito nada e Lee Su-hyun já falava em inglês comigo, o que me deixou muito confortável. Então, contei que era brasileira e entreguei uma carta para os dois em coreano. Nela, escrevi o quanto gostava da música deles e que os acompanhava desde o início. Eles perguntaram quem tinha traduzido a carta para o coreano. Tinha sido o meu namorado, mas para não explicar muito, respondi apenas que tinha sido um amigo.

Bom, o meu ex veio em seguida. Disse aos irmãos que a menina que tinha vindo antes dele, eu, no caso, era a namorada dele e, animado, contou que era ele quem tinha traduzido a minha carta. A integrante do Akdong Musician, Lee Su-hyun, me entregou, sem qualquer piedade: "Mas ela disse que vocês são amigos".

Deu briga. Mas nada muito sério, não se preocupe. Hoje, lembro desse episódio como algo inacreditável e muito engraçado que aconteceu na minha vida. Não é todo dia que uma *idol* faz a gente ter uma DR com o namorado. Que loucura (e que engraçado)! Ainda bem que as minhas outras experiências em shows e *fansigns* de K-Pop foram menos problemáticas.

Quando fui estudar na Coreia, em 2016, tive contato com *idols* no primeiro dia. Assim que cheguei em Seul, soube que estavam acontecendo gravações na minha faculdade do programa "We got married", com o comediante Jo Se-ho e a integrante do FIESTAR, Cao Lu, e também de uma propaganda de refrigerante com o ator Seo Kang-joon, do dorama "Cheese in the trap" (que, aliás, eu adorava). E ainda por cima, era bem no meu dormitório! Fiquei me

"We Got Married," com o comediante Jo Se-Ho e a integrante do FIESTAR, Cao Lu.

Álbum autografado pelo AKMU.

perguntando se todo dia iria encontrar pessoas famosas na Coreia, mas foi só um episódio de sorte de começo de intercâmbio.

Já o primeiro show que vi foi o do EXO, em 2016. Pela primeira vez, dormi numa fila. Cheguei lá às onze da noite. O show seria no dia seguinte, às quatro da tarde. Era março, final de inverno, até levei um casaco extra, mas emprestei para minha amiga que estava sem nenhum e nós duas congelamos na madrugada. Eu me tremia inteira. A calçada estava tão fria que a sensação era a mesma de estar deitada em uma pista de patinação no gelo. Eu até tinha levado uma proteção, aquelas toalhas de piquenique com alumínio embaixo, mas chegou uma hora que nada fazia diferença. O meu cabelo, a minha roupa, as minhas meias, tudo estava gelado.

Para melhorar, levei bronca de algumas fãs. Pegaram no meu pé o tempo inteiro. As fãs que haviam organizado a fila não permitiam que ninguém pedisse comida por *delivery* para evitar sujeira no local. Só que outras meninas ignoraram a determinação e pediram mesmo assim. Nada aconteceu com elas. Resolvi, então, comprar alguns salgadinhos em uma loja de conveniência próxima. Mas o tratamento comigo foi diferente e tive que aguentar muita reclamação. Não sei dizer o motivo de terem brigado só comigo sendo que havia outras garotas comendo na calçada. Talvez por eu ser estrangeira ou por ter cara de inofensiva, de quem leva bronca sem reclamar. Apesar desses acontecimentos, levei tudo com bom humor. Afinal, a experiência era novidade para mim e eu sabia que seria memorável.

Pouco antes do show, olhei no meu celular e, meu Deus, eu estava horrível! O meu cabelo estava sujo de dormir ao relento, estava com minha roupa amassada, a cara de quem não tinha dormido direito. Mas aí descobri que, na Coreia, é possível dormir na fila e ainda assim entrar no show toda linda. Minutos antes de os portões abrirem, as fãs coreanas começaram a tirar da bolsa máscara de cílios, *cushion*, batom e bob's para colocar na franja. Na hora do show, todas estavam belas, e eu, acabada.

Apesar de tudo, até hoje digo que foi o melhor show da minha vida. **O EXO se apresentou durante quase três horas, com uma produção que, uau! Eu nunca tinha visto algo assim ao vivo.** O grupo andava pelo meio da plateia, cantava próximo aos fãs, brincava jogando bolinhas autografadas para pegarmos, tinha um palco que ganhava asas, uma plataforma nas alturas de onde Chanyeol tocava como DJ, tinha fogos, explosões, Sehun dançando na água, e era tanta coisa acontecendo ao mesmo tempo que me lembro de um momento em que atrás de mim estava D.O. em um carrinho e na minha frente, no palco, Baekhyun, e eu não sabia para que lado olhar. Mas Baekhyun me viu e reagiu à bandeira do Brasil que eu segurava. Ele deu um pulo de felicidade!

CHANYEOL

Fiquei superempolgada, pensando: "Não acredito que ele viu a bandeira!". Dava para perceber a preocupação da empresa deles, a S.M., em fazer os fãs terem pelo menos uma oportunidade de ver os *idols* de perto.

Além disso, Baekhyun foi o único membro com quem consegui ter contato visual durante o show. Indo em outras apresentações, notei que alguns *idols* evitam olhar nos olhos das fãs, talvez para não se desconcentrarem na apresentação ou por serem tímidos. Geralmente, eles preferem manter os olhos no horizonte, para o público em geral, em vez de olhar para pessoas específicas.

No mesmo ano, fui a um show do BTS, naquele mesmo estádio. E aí ficou bem claro como a S.M. era mesmo uma empresa rica. Não vi fogos, nem palcos que se moviam, nem membros cantando nas alturas e o grupo não chegava perto da plateia por meio de carrinhos. Mais tarde, entendi o motivo. O foco do BTS não era fazer grandes espetáculos, mas shows mais acessíveis para serem levados a qualquer lugar do mundo. Era uma outra abordagem, em que a preocupação era alcançar o maior número de fãs pelo mundo. Na época em que vi essa apresentação, eles ainda não eram gigantes como hoje, porém o foco no mercado internacional já estava lá. Diferente dos shows da S.M., por exemplo, que são mais difíceis de saírem da Coreia já que possuem custos muito altos, o que provoca ainda mais dificuldades nas negociações.

2016 – meu primeiro show do BTS na Coreia!

Mas tudo isso não tornou a minha experiência com o BTS menos incrível. Lembro da versão rock de "Dope", com uma banda ao vivo, e de cantar aos berros. Também das coreografias, muito mais legais e poderosas, e dos momentos bonitinhos em que eles não dançavam para interagir com as fãs.

A vantagem de estar na Coreia do Sul é que, por

ser a terra do K-Pop, os shows acontecem o ano todo, em lugares até inesperados, e acessíveis para todo mundo. Como, por exemplo, os festivais universitários que são organizados no verão e pelos próprios estudantes. Tem apresentações em todos os câmpus com grupos desconhecidos e também muito famosos. É tudo barato, o palco é pequeno, a estrutura é modesta e, justamente por isso, os festivais são muito especiais, já que você consegue ver muitos grupos diferentes e bem de perto. Assisti a shows do TWICE, na época promovendo "Cheer Up", e também Akdong Musician. Mas foi o do PSY que eu nunca vou esquecer. Porque nunca vi tanta gente pulando ao mesmo tempo.

Aliás, nunca tinha visto coreanos pulando daquele jeito. Quem já foi a um show na Coreia, sabe como as pessoas lá são mais calmas. Mas PSY conseguiu tirar todo mundo, mas todo mundo *mesmo*, do lugar.

Antes de começar, ele disse, em inglês, aos estrangeiros: "Sei que vocês só conhecem "Gangnam Style", mas eu prometo que vocês vão gostar do show inteiro". Ele estava certo sobre mim, pelo menos, porque eu não conhecia quase nada além do viral da internet. E mesmo assim dancei o tempo inteiro. Que show incrível! O programado eram duas músicas, mas PSY ficou no palco por mais de uma hora. Chamou minha atenção o fato de ter sido o único artista em que ninguém ligou o celular para gravar, algo muito raro de acontecer hoje em dia. As pessoas só queriam curtir.

Eu achei que nada daquilo poderia ficar mais intenso, mas então ele começou a cantar "Father", uma música mais séria que o PSY compôs para todos os pais. Na letra, ele fala sobre as dificuldades que os pais possuem em criar bem seus filhos e na exaustão de trabalhar para trazer dinheiro para casa. Quando olhei ao redor, as pessoas que até segundos antes estavam pulando, limpavam as lágrimas dos olhos, cantando com a mão no peito, emocionadas.

Ah, e antes de cantar essa, PSY pediu para as pessoas ligarem a lanterna dos celulares e deu uma dica ao estudante universitário que estava filmando que, se ele fosse para trás da plateia, ia conseguir captar uma imagem linda por causa da luz dos celulares. PSY, além de muito gentil, mostrou que era mesmo um artista muito experiente. Deu para entender por que ele é tão adorado na Coreia.

Foi também em um desses festivais que vi o EXO pela segunda vez. O evento seria em Suwon, cerca de trinta quilômetros de Seul. Peguei o metrô para ir até lá. Como era uma hora de viagem, levei meu material para estudar no caminho. Eu estava em semana de provas na faculdade. Em uma determinada estação, todos os passageiros eram obrigados a deixarem os vagões porque o trem seria recolhido. Mas eu não falava muito bem coreano, então não entendi o aviso do maquinista na caixa de som. Na parada seguinte, todos desceram. Menos eu. Estava muito concentrada olhando para o caderno. Só me dei conta quando a porta já estava fechada. Olhei para trás e vi pela janela os passageiros na plataforma, em pé. Uma mulher me encarava com uma expressão assustada e pude ler os lábios dela, que dizia um: "Como?", em um tom de "Meu Deus, e agora?", preocupada porque uma garota não tinha saído do vagão a tempo e agora estava sozinha.

FOI AÍ QUE EU TAMBÉM ME PREOCUPEI.

O trem seguiu só comigo dentro. Meu coração acelerou. Assim que o metrô pegou um caminho diferente das linhas e entrou num lugar escuro que parecia uma espécie de casa das máquinas, fiquei desesperada. Era um túnel, sem ninguém para quem pedir ajuda. Corri até a porta do primeiro vagão e bati na porta do maquinista, tentando não chorar, nem me deixar levar pela minha ansiedade. Ainda bem que o modelo do trem era mais antigo e não era conduzido pelo piloto automático. O maquinista apareceu, com uma cara de quem não estava entendendo nada, e levou um susto quando me viu. Perguntou o que é que eu estava fazendo ali. Expliquei que não falava coreano e, por isso, não tinha compreendido o alerta para deixar o vagão. O velhinho fez uma cara de bravo, mas aquele bravo simpático, de quem quer te dar um sermão, e me ajudou a chegar até a estação de metrô mais próxima, onde eu embarquei em direção a Suwon. Consegui chegar a tempo do show e ainda por cima tive que esperar minha amiga, que estava atrasada.

Após o acontecimento do metrô.

O governo e as emissoras de televisão também organizam festivais em que vão muitos artistas. Tem shows em que chegam a se apresentar mais de quinze grupos. Fui a eventos assim, e o lado negativo é que cada grupo apresenta, no máximo, três músicas para dar tempo de todo mundo aparecer. Ao mesmo tempo, são boas oportunidades de conhecer grupos que você nem imagina que existam. Também de ver grupos grandes e de entender porque eles chegaram tão alto no K-Pop.

Pelo menos, foi como eu me senti quando, em um desses festivais, vi o SHINee ao vivo. Era 2016 e claro que eu conhecia o SHINee. Algumas das músicas mais clássicas do K-Pop são deles. Ainda assim, acho que jamais conseguirei explicar direito o que senti quando o estádio inteiro ficou vermelho e começou a entoar "SHINee is back" para a introdução de "Sherlock". Revendo os vídeos que gravei daquela noite, todos os pelos do meu corpo se arrepiam como se as filmagens me transportassem para lá. Bom, o vídeo que fiz com o meu celular abre com a minha voz berrando um palavrão. Acho que isso representa bem como foi ver SHINee ao vivo pela primeira vez.

Eles também cantaram "View" e, por fim, "Everybody". Mano, o que é "Everybody" ao vivo? A performance tinha tanta energia, a coreografia era tão contagiante, a música tão para cima que parecia que o SHINee estava jogando eletricidade em todo mundo! Eu não parava de cantar! E toda vez que o Jonghyun cantava as notas mais agudas e as mais altas, eu me arrepiava inteira.

Na ordem da foto, temos minha amiga Sara, eu e Jimin em frente ao estádio do MUSTER.

Aliás, era o rosto do Jonghyun que mais aparecia no telão. Achei ele tão bonito e fotogênico, lembro até de ter me perguntado como não tinha reparado no rosto quadrado dele antes. Hoje, fico pensando na sorte e na honra que eu tive de vê-lo no palco e de ouvir a voz dele ao vivo. Foi um dos meus momentos favoritos em shows de K-Pop, e o fato de o Jonghyun não estar mais aqui torna essa experiência ainda mais inesquecível. **Um evento muito marcante para mim também foi o Muster, show especial para os fãs do BTS.** Desta vez, o estádio era gigantesco em comparação ao primeiro show que fui. Nesse, os membros estavam mais focados nas brincadeiras, nas conversas e na interação entre si e nem tanto nas performances musicais. Um momento viralizou na internet, que foi quando o V contou às fãs que tinha acabado de perder a avó. Mesmo não entendendo tão bem coreano, meu coração apertou de vê-lo tão triste, chorando de soluçar, recebendo apoio dos outros meninos, que também não conseguiam parar de chorar. Eu, junto com o estádio inteiro, me emocionei muito com a dor dele. Depois do show, fui procurar a tradução do que ele havia falado e me emocionei mais uma vez.

V

Eu já tinha visto o NCT 127 em um festival e, como a performance que eu havia assistido de "Cherry Bomb" me deixou arrepiada de tão poderosa, assim que foi anunciado um show deles em Seul, comprei meu ingresso. Vendo as apresentações novamente, fiquei ainda mais fã dos meninos. Eu já conhecia as músicas e os MV's, mas foi com as apresentações ao vivo que fui conquistada de vez. Eles são ótimos cantando ao vivo e

NCT 127

75

são muito simpáticos interagindo com a plateia. O grupo se espalhava pelo estádio, andava perto da arquibancada e, mesmo quem estava em cadeiras mais afastadas, conseguiu ver os meninos de perto pelo menos uma vez. E o NCT 127 dançando? Socorro, as coreografias eram perfeitas! Em algumas músicas, o palco balançava para os lados igual a uma gangorra e os meninos do grupo não perdiam o equilíbrio.

Show do NCT 127!

Continuavam com os passos, mesmo todos eles virados na diagonal. Era muito louco! Foi a minha primeira vez em pé, na pista. Eu tinha medo de ser esmagada no meio da galera, por isso, sempre pegava cadeiras. Mas como na Coreia eventos grandes são bem organizados, consegui assistir ao NCT 127 tranquila e bem de pertinho.

 O B1A4, tive a chance de ver duas vezes. Uma delas foi em um programa de televisão. Eu estava lá para acompanhar outro *idol,* mas acabei me apaixonando pelo Sandeul, que ia apresentar sua música solo. As outras fãs e eu estávamos sentadas na escada de incêndio, esperando para entrar. Todas estavam irritadas porque não era um lugar muito confortável e já estávamos lá há um tempão. De repente, do nada, o Sandeul abre a porta que dava para a escadaria e dá um oi muito simpático para todo mundo. Ele agradeceu por estarmos ali e pelo apoio ao trabalho dele. Fiquei apaixonada. Nunca tinha visto um *idol* fazer algo assim.

 Adorei ele cantando ao vivo. As fãs viram que eu não tinha *lightstick,* então me deram um balão da mesma cor para que eu pudesse participar com elas.

A segunda vez com o B1A4 também foi em um programa de TV e, desta vez, sentei bem na frente. Estava perto do Natal e, quando o grupo entrou, conversou com a gente e entregou para cada fã que estava lá um chocolate. A embalagem de papel imitava uma roupinha de Papai-Noel. Foi o Baro quem me deu o presentinho. Achei muito bonitinho vê-lo com a caixinha, distribuindo os chocolates. O B1A4 mostrou o quanto valorizava os fãs e como eram agradecidos por tudo que estavam vivendo. Refleti muito com esses acontecimentos, e fiquei emocionada com a atitude deles.

Mas nem todos os shows na Coreia foram tão legais assim. O do BIGBANG foi um deles. Levei três dias para conseguir comprar o ingresso. A concorrência era grande já que seria o último show antes de os membros se alistarem para o exército. E também, era o grupo que tinha me levado para o K-Pop. O G-Dragon foi meu primeiro *bias,* numa época em que eu nem sabia o que era ter um *bias*. Estava ansiosa para vê-los pessoalmente.

Só que o show foi uma decepção. Para mim, o grupo estava sem energia, desanimado, sem dançar e sem correr pelo palco como normalmente o BIGBANG fazia. E não fui a única a perceber, notei mais pessoas comentando sobre o assunto. No final do show, quando eles saíram do palco, toda a plateia permaneceu no lugar, esperando pelo momento em que eles retornariam para cantar as últimas músicas, como é de costume. Todo mundo esperou, esperou, mas o grupo não voltou. Eles saíram do palco sem se despedirem direito e não voltaram mais. Foi o final de show mais esquisito que já vi.

Nesse tempo em que morei na Coreia, o canal no YouTube cresceu muito. Voltei ao Brasil depois de um ano morando lá e continuei indo a outros shows. Em alguns, como fã, em outros, a trabalho. Independentemente da situação, curti todos. O melhor dos que vi por aqui foi o do ACE. Antes de eles se apresentarem, pude gravar uma entrevista com o grupo para o canal e fiquei surpresa em ver como eles eram uns amorzinhos e educados. Apesar de não terem dormido por causa do longo voo da Coreia até o Brasil, eles foram direto fazer a entrevista, mostrando o quanto são profissionais. Era um dia muito quente e um dos membros, Donghun, percebeu que eu estava com calor. E começou a me abanar! Foi muito bonitinho e me conquistou na hora. Todos foram muito simpáticos comigo. Em seguida, vi os meninos se apresentando ao vivo. Como eles iam dançar, pensei que cantar seria um problema, mas não. Eles cantaram e muito bem! E as coreografias eram difíceis, dava até para ouvir a respiração deles no microfone. Lembro de estar filmando a apresentação e ao mesmo tempo olhar para minha amiga do lado: "Meu Deus, você está vendo isso? Isso é incrível! É muito talento".

O KARD também veio ao Brasil. Fui convidada para gravar com eles e não foi um dia muito fácil. Eu estava passando por um tratamento para ansiedade e estava nervosa, com medo de não conseguir completar a entrevista e de perder a oportunidade de gravar com um grupo tão legal. Mas quando os quatro entraram na sala, um dos membros, o B.M.,

chegou conversando comigo de um jeito superlegal, falando em inglês, bem simpático, e aí fiquei mais à vontade. Vê-los de pertinho foi meio maluco. Enquanto eles respondiam às perguntas, eu não parava de pensar: "Uau, eles são pessoas reais, são de carne e osso, não são apenas MV's na internet".

Tive o mesmo sentimento ao conhecer o Mamamoo na gravação para o canal. Elas são mulherões, as vozes arrepiam nas músicas, muito divas do K-Pop, então as imaginava altas, com pernão, coxão, ombrão, sorrisão. Eu tinha certeza que ficaria minúscula perto do grupo. Quando as vi, não acreditei. Elas eram baixinhas também! E olha que eu tenho 1,64m de altura. Mas, elas eram grandes, sim, e pelos motivos certos: talento e simpatia. Acho que, por isso, as achei tão maravilhosas.

KARD

GABY

    Quando confirmei a compra do meu ingresso para o Dream Concert de 2018, que aconteceu em Seul, na Coreia, no dia 12 de maio, eu não achava que tinha feito uma boa compra. O Taemin cantaria naquele evento e, para vê-lo de perto, comprei o ingresso mais caro. Mil reais. Para ouvir duas músicas.

    Eu estava na Coreia naquele mês pelo aniversário do SHINee. O grupo ainda não tinha anunciado nada a respeito da data, então, a única garantia de que eu os veria ou, pelo menos, veria um deles, era o Dream Concert.

    Uma amiga e eu chegamos no estádio do evento logo depois do almoço. A chuva em Seul caía sem pausa para descanso. Então, além de ter pagado quinhentos reais por cada música que eu veria o Taemin cantar (sim, eu fiz essa conta infame na época), ainda teria que ver o meu *ultimate bias* debaixo d'água.

    Foram inacreditáveis doze horas de chuva ininterrupta. De pé. Esmagada entre um monte de fãs mal-humoradas que gritavam com a gente que era estrangeiro se nós fizéssemos qualquer nano movimento. Eu não sabia, mas aquela era a área dos *fansites*, em que havia apenas meninas munidas de lentes de câmeras fotográficas que pareciam bazucas e com humores que dariam para usar de munição. Todas também tinham uns banquinhos malditos e sempre que entrava um grupo de interesse no palco, elas subiam neles para fotografar e bloqueavam a vista de quem estava atrás. Era como um paredão gigante feito de humanos sem noção.

TAEMIN AO VIVO!

Resultado? Dos vinte e oito grupos que se apresentaram, eu vi quase nenhum. Os poucos que consegui assistir, foram entre os ombros do paredão, como se eu estivesse espiando por uma fechadura. Eu estava irritada, sentindo a minha maquiagem tão linda escorrer até para a orelha, estava encharcada, louca da vida e sentindo as lágrimas de desespero se acumularem. A vez do Taemin se aproximava. Se aquelas garotas subissem naqueles malditos banquinhos, eu teria comprado o melhor ingresso por nada.

Dream Concert!

Barreira dos *fansites*.

O show, no geral, foi uma droga. Os artistas, coitados, levaram tombos acrobáticos no palco molhado (um dos meninos do NCT escorregou com as pernas para o ar), boa parte era *playback*, e como a principal finalidade do Dream Concert é ser transmitido para a televisão, têm várias câmeras no palco passando a toda hora e cortando a sua visão.

Até que anoiteceu. Chegou o momento. O Taemin ia entrar no palco. As meninas posicionaram aqueles banquinhos filhos da mãe e eu estava prestes a cair no choro. Quando um milagre aconteceu.

Um segurança, que durante as cinco horas de show eu nem tinha notado que estava lá, subiu na grade de repente e mandou, aos berros, que todas as garotas descessem dos banquinhos. E cada uma delas. Desceu. Do maldito. Banquinho.

As notas da introdução de "Move" acenderam o telão e conduziram as dançarinas até a luz dos holofotes. A batida eletrônica ressoava no telão gigantesco nas cores preto e vermelho. Meu coração palpitava pesado, como se fosse feito de pedra. Se eu havia tomado chuva, cotoveladas, se o cansaço estava fraquejando minhas pernas, se as plantas dos meus pés estavam finas e doloridas, tudo se desfez em pó. De repente, eu estava alerta, a adrenalina me dando energia para mais doze horas de espera debaixo d'água.

Então, tudo ficou escuro.

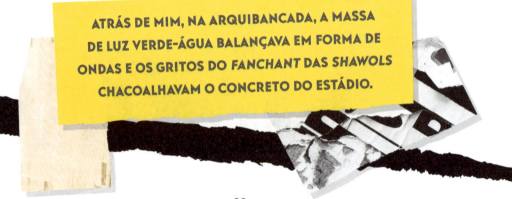

ATRÁS DE MIM, NA ARQUIBANCADA, A MASSA DE LUZ VERDE-ÁGUA BALANÇAVA EM FORMA DE ONDAS E OS GRITOS DO *FANCHANT* DAS SHAWOLS CHACOALHAVAM O CONCRETO DO ESTÁDIO.

Meus joelhos amoleceram e um calafrio percorreu meu corpo inteirinho.

Taemin entrou e parou no centro do palco. E juro por tudo o que há nessa Terra, eu fiquei assombrada. Como se estivesse parada diante de um gigante.

Eu lembro daquele segundo, daquele primeiro segundo, em que vi o cabelo cor de framboesa e os olhos com lentes claras de contato se aproximando. Assim que ele parou na posição da coreografia, a realidade me acertou.

EU ESTAVA VENDO O TAEMIN. EM PESSOA. BEM NA MINHA FRENTE.

A música, a voz dele ao vivo, a presença monstruosa no palco, me cobriram como se o estádio todo estivesse, literalmente, debaixo d'água. Eu não conseguia respirar, imersa, e chorava sem fazer qualquer esforço. Era maior do que eu. Era lindo demais para ver a olho nu.

Mal dormi naquela noite com a imagem do Taemin fixada no meu cérebro e a presença do artista me assombrando durante a madrugada.

Dias depois, SHINee anunciou que faria um *comeback*. Adiei minha passagem de volta ao Brasil para poder acompanhar a

Destruída depois de ver Taemin.

No estúdio da live vendo o SHINee de perto.

primeira semana de divulgações. Uma delas seria uma live que eles fariam no YouTube, em que contariam durante a transmissão de um estúdio dentro da S.M. detalhes sobre a primeira parte do álbum *The Story Of Light* e o MV de "Good Evening".

Setenta fãs seriam sorteadas para assistir à entrevista dentro do estúdio da S.M. Entertainment. Para concorrer, bastava comprar uma entrada para o SMTOWN Museum e preencher uma ficha. Minhas três amigas e eu tínhamos certeza de que não seríamos sorteadas. Então, fomos passear em Seul. O resultado sairia no meio da tarde. Lembro de estar a caminho de um palácio quando uma das nossas amigas, que estava lá na S.M., mandou um áudio aos berros e palavrões para o nosso grupo no WhatsApp: "Gabriela, você foi sorteada! Cadê você, garota, pelo amor de Deus? Vem para a S.M. agora!". Eu ouvi o áudio e não acreditei. Entramos no site, para ver a lista dos sorteados. E lá estava meu nome. Gabriela Brandalise.

Caraca, eu ia ver o SHINee a menos de cinco metros de distância.

No estúdio, nós sentamos em banquetas de frente para o aquário. Atrás do vidro, quatro cadeiras e quatro microfones. Eu tremia e respirava como se tivesse acabado de sair de uma esteira de academia.

Quando eles entraram, meu cérebro pareceu derreter. Nunca vou conseguir achar as palavras para descrever o que é ver de perto pessoas que você admira e, até então, só tinha visto pela internet, na tela do seu computador. Eu estava tão acostumava com essa ideia que, ao ver Onew, Key, Minho e Taemin passarem do meu lado, fazendo ventinho e tudo, me recusei a conceber que eram homens, e não MV's em HD, que formavam o meu grupo favorito.

A entrevista foi uma loucura para mim. Meus olhos piscavam no ritmo de espasmos, reação ao meu cérebro que batalhava para absorver a informação nova. Eu não parava de dar ordens a mim mesma: "Fotografia mental, fotografia mental, registra tudo, Gabriela, não se distraia, repare em todos eles, preste atenção na voz de cada um falando, meu Deus, eu entendi agora por que o Minho é modelo. A pele do Key brilha, é isso mesmo? A voz do Onew falando sempre foi assim tão grave? E o Taemin, parece um príncipe só que miudinho, as perninhas dele parecem com as de um passarinho".

Naquela viagem, vi o SHINee incontáveis vezes. Algumas em programas de televisão, que sofri para conseguir entrar por causa do método coreano diferente de se organizar, que consiste basicamente em você tirar uma foto com um papel colado em uma árvore ou em uma parede próxima do estúdio onde será a gravação, enviar essa selfie para um número de celular, e esperar a resposta, que virá com um número. Então, à noite você vai para a calçada em frente ao estúdio, aguarda com outras mil fãs uma outra chamar pelo seu número, e aí você vai para uma fila. Dessa fila, você provavelmente será colocada em uma outra, organizada por critérios, como a sua participação em *comebacks* anteriores e comprovações de que você fez

De madrugada, esperando para ver gravação de programa.

streaming da música nova do grupo. Esse processo todo pode durar a madrugada inteira.

Resumindo? Consegui entrar em dois programas. Desisti do método coreano e comprei o pacote da S.M. para assistir à outras duas gravações.

Alguns dias depois, começaram os *fansigns*. Decidi tentar o sorteio. Para concorrer, você tinha que comprar álbuns em lojas definidas pela S.M. Entertainment. Quanto mais álbuns você comprasse, mais chances você tinha de ser sorteada. Fui para o tudo ou nada: comprei noventa álbuns.

Até hoje, não sei dizer se o *fansign* foi uma boa ideia. Afinal, se você parar para pensar um minuto, conversar com quem você mais admira parece uma excelente oportunidade, mas só parece. E eu senti a realidade dessa afirmação quando descobri que tinha sido uma das cem fãs sorteadas para ter o álbum assinado.

Imagine a cena: tudo o que você sabe sobre o seu grupo vem da internet. E aí, um belo dia, você é colocada em uma sala junto com eles. Diante de cada membro, você tem mais ou menos dez segundos para dizer algo que seja relevante, que não seja cretino, cause algum impacto positivo e represente de alguma forma o que você sente em relação ao grupo.

Além disso, é preciso vencer uma barreira cultural porque, querendo ou não, para aquelas pessoas, você é uma estranha. Ainda que você seja uma fã, a verdade é que eles não fazem ideia de quem você é. Então, você é uma estranha que vai se comunicar em uma língua que não é a deles e também não é a sua, que é o inglês, e você tem que falar alguma coisa que faça sentido para aqueles homens que

Ingresso do *fansign*.

nasceram em uma cultura completamente diferente da sua. E você tem mais ou menos dez segundos para fazer tudo isso. Quer dizer, é o tipo de conversa que tem tudo para dar errado.

Até então, *fansign* era algo que eu só tinha visto no YouTube, morria de vontade de participar de um, mas tinha certeza de que nunca conseguiria estar no lugar daquelas fãs. Porque era algo absurdamente longínquo. Eu sonhava com o que diria para os membros do SHINee, tinha tudo pronto na ponta da língua. Mas aí, quando finalmente aquilo aconteceu, tudo o que desejei foi deitar em posição fetal e nunca mais levantar.

No *fansign* em que eu estive, era proibido gravar e tirar fotos. O clima é de vigilância total. Eu não me sentia à vontade, o *staff* da S.M. não costuma ser simpático em eventos assim. Pessoas pegas descumprindo as regras são tiradas do lugar na marra. Em duas situações, vi seguranças puxando meninas pelo braço e até as levantando no colo para obrigá-las a sair. Ainda que elas estivessem aos berros e chorando, eles não suavizaram.

Esperando para entrar no *fansign*.

Quando começou, os meninos entraram e as fãs sorteadas começaram a ser chamadas. Eu era uma das últimas, então pude observar como os membros do SHINee reagiam a todo tipo de coisa que acontecia. Teve uma fã que fez uma dança esquisita na frente de cada um e pediu um *high-five* ao final, que foi recusado pelos membros. Algumas tentaram colocar coroas de flores e orelhinhas de coelho na cabeça deles, e isso os meninos também recusaram.

O QUE ME DEIXOU AINDA MAIS NERVOSA.

Em pé, aguardando a menina da minha frente terminar a conversa com o primeiro membro da mesa, eu tremia tanto que achei que ia desmaiar assim que meus olhos cruzassem com os do Onew. Assim que a garota saiu da minha frente, eu vi o Onew. Eu o vi. E ele me viu. Nós nos olhamos e, para ele, é claro, foi só mais um dia de trabalho. Para mim, foi como olhar diretamente para o sol. Desviei para o chão e me aproximei. De perto foi ainda mais maluco, porque vi os olhos, o cabelo, a boca, as orelhas, o *ser humano*. Eu estava parada na frente dele muito nervosa e todo o discurso que tinha preparado desapareceu.

Não foi exatamente o que eu chamaria de uma conversa. Por algum motivo, você vai com um roteiro pronto para aquele momento, com um diálogo montado na sua mente, em que você irá dizer oi, o *idol* irá perguntar de onde você é, já que obviamente você não é coreana, você irá dizer que é do Brasil, e ele irá se espantar e perguntar qualquer coisa que ele conheça sobre o seu país, e você vai sorrir e tudo vai acabar bem no final.

Pois é. Nada disso aconteceu. Eles não perguntam nada. Então, me achei meio idiota de pensar que ele se surpreenderia só porque eu não sou da Coreia. O SHINee está há onze anos no mercado,

claro que fãs brasileiros não são novidade. Bom, Onew ficou me olhando, esperando que eu falasse, e dava para ver que ele estava desconfortável em ter que falar em inglês, por isso, não falou. Só concordou com as coisas que eu disse, sorriu e agradeceu, e quando vi, estava com o Key.

Ele era o membro que mais me intimidava. O Key é inteligente, tem um raciocínio rápido, e não era qualquer "eu sou muito fã do SHINee" que iria conquistar sua atenção. E também, ele é um homão. Não apenas alto, mas *grande*. As mãos dele são enormes, as pernas, compridas, os ombros, largos, e é muito mais bonito de perto do que nos MV's. O rosto dele é lindo. E isso também é intimidador. Porque eu já estava me sentindo intelectualmente inapta. De repente, a minha roupa, o meu cabelo, a minha maquiagem, tudo em mim começou a gritar "inadequada, volte para casa e se arrume de novo" (e eu queria aproveitar e mandar um beijo para a minha insegurança, que apareceu naquele *fansign* para segurar minha mão).

Key me cumprimentou sem me olhar nos olhos e já pegou o meu álbum para assinar. Então, eu disse: "Não sei muito bem o que dizer, a única coisa que queria falar é que tudo que o SHINee faz me toca e me alcança lá no outro lado do mundo. E eu queria muito agradecer você por compartilhar tudo isso". Ele levantou a cabeça em câmera lenta, e eu me lembro direitinho, e só aí me encarou com um olhar de afeto. E falou: "Obrigado. Muito obrigado por esse apoio".

O seguinte era o Minho e, meu Deus, ele é mesmo **muito** bonito. Mas tem uma atmosfera mais leve, brincalhona, o que me ajudou a não ficar nervosa. Ao parar em frente a ele, sorri e disse "oi". Talvez empolgada demais porque ele respondeu tão alto que o teatro todo riu. Contei que era do Brasil, que estava na Coreia para o aniversário do SHINee, ele agradeceu e sorriu com uma simpatia que parecia um flerte, mas divertido, e me entregou o álbum. O que queria dizer que a conversa tinha terminado e eu deveria seguir para o último membro.

E o último membro era o Taemin.

Eu tinha certeza de que ele me trataria como uma senhora porque me acharia muito mais velha que ele. Principalmente porque as fãs tendem a infantilizar o *idol*. Então, mesmo que a menina tenha a minha idade, ela vai dar um presente fofinho e vai falar de maneira meiga porque o *aegyo* é algo muito presente na cultura coreana. Resolvi agir como uma mulher da minha idade.

Parei diante do Taemin e disse oi de maneira respeitosa. E, ao contrário de tudo o que eu tinha previsto, ele me olhou e, de um jeito relaxado, bem não-celebridade, falou em inglês: "Oi. Você é do Brasil, não é?". Meu queixo foi parar nos meus joelhos. Perguntei como ele sabia que eu era brasileira e ele respondeu: "Eu escutei você conversando com o Minho".

Juro, não era o que eu estava esperando. Aquilo me desmontou.

E aí, ele leu o meu nome escrito no *post-it* em voz alta. Ouvir o meu nome saindo da boca do Taemin foi uma das coisas mais surreais que já aconteceram comigo.

Eu disse que o tinha visto ao vivo no Dream Concert pela primeira vez. Ele perguntou se eu tinha gostado. Respondi que tinha sido incrível e ele falou: **"Sério? Obrigado!". E toda vez que me lembro disso, tenho acesso de risos de ternura.**

Taemin já tinha terminado de assinar meu álbum, mas continuava o segurando embaixo das mãos. Fiquei meio sem saber o que falar, afinal não tinha preparado tanta conversa assim, e acabei comentando que tinha ido a um restaurante de jokbal, que é pé de porco, e que haviam me dito que ele gostava. Assim que falei "jokbal", ele ficou tipo: "Jok... Jok... What?", porque não havia compreendido. Então, melhorei a minha pronúncia e quando ele compreendeu, falou, empolgado: "Ooooh, jokbal, yeah, yeah". Disse que gostava da comida e perguntou se eu tinha curtido. Respondi que sim e aí ele continuou me olhando, esperando que eu prosseguisse. Vi meu álbum nas mãos dele, meio agoniada porque não sabia mais sobre o que deveria conversar. Foi aí que uma mulher do *staff* da S.M. me cutucou no ombro, pedindo que eu saísse. Só então Taemin me devolveu o álbum e eu voltei para o meu lugar.

Na saída, tive uma crise de vergonha alheia e me retorci pensando em como eu deveria ter soado patética em todas as vezes que abri a boca para conversar com os meninos. E, realmente, foi um verdadeiro desastre. Mas foi o desastre mais divertido que já causei na minha vida.

O álbum autografado pelo Taemin.

DESENCONTROS NA COREIA DO SUL (E EM PARIS)

한국에서 (프랑스에도) 만나지 못한 이들

Gaby, já te contei das vezes em que quase consegui ficar pertinho dos meus *idols* pessoalmente, principalmente os meninos do BTS, quando eu estava na Coreia?

Acho que já, mas quero ouvir de novo.

Assim que abriu o BT21, café do BTS, em Seul, fui visitar o local superanimada, mas estava fechado. Achei estranho, era uma da tarde, tentei me informar, mas o segurança não explicou o motivo. Mais tarde, já em casa, entrei na internet e me deparei com fotos dos membros do BTS **dentro do café!** Eles haviam chegado logo depois de eu ter ido embora! Você acredita? Se eu tivesse ficado mais uns minutinhos...

A sua história me lembrou o dia em que minhas amigas e eu tivemos que nos separar em Seul. Entre nós, só eu tinha conseguido comprar o pacote para ver o SHINee no "M Countdown", então, fui sozinha. Minhas amigas iam tentar outro programa de TV. No metrô, recebi uma mensagem delas, tudo escrito em letra maiúscula, dizendo que os meninos do SHINee tinham acabado de entrar em uma cafeteria ao lado do lugar em que elas estavam!

Também rolou algo parecido comigo na Coreia. Em um fim de semana, viajei para um templo budista com alguns amigos da faculdade. A outra parte ficou em Seul, disseram que passariam na Big Hit. Naquela tarde, fiquei o dia todo longe do celular. No final da noite, tinha uns mil áudios dos meus amigos aos berros. Eles encontraram o Jimin andando pelos arredores da empresa! Justo o Jimin, meu *bias*!

Mas que *timing* horrível o nosso, Midori! Eu também perdi de ver o SHINee nos corredores da S.M.! Passei o dia todo em uma das cafeterias da S.M. com as minhas amigas na esperança de ver algum dos membros, mesmo de longe. Ficamos até fechar. No final do dia seguinte, tinham filmagens de fãs no Twitter mostrando os quatro meninos, naquela mesma cafeteria, pegando *ice* americano, bem tranquilos.

Olha, Gaby, o nosso *timing* é ruim mesmo, e não só em Seul. Acredita que o RM, do BTS, e eu tiramos fotos na frente do Museu do Louvre, em Paris, no mesmo dia? Quando cheguei em casa, depois de visitar o museu, e vi a foto dele na internet, ri de nervoso. Pelo céu claro, deu para ver que ele tinha passado por lá alguns minutos antes ou depois da minha foto.

Acho melhor a gente continuar tentando ingressos para shows mesmo, porque, pelo jeito, não temos sorte para esbarrar em *idol*.

AS CURIOSIDADES SOBRE OS IDOLS QUE O GOOGLE NÃO MOSTRA

구글이 말해주지 않는 아이돌들의 궁금증

MIDORI

Já fui a dez shows do BTS (nem eu acredito nisso) e, depois de vê-los tantas vezes ao vivo, consegui reparar em algumas coisas sobre os meninos que jamais notaria se os tivesse visto apenas pelo YouTube. **E uma das coisas que mais me chamou atenção é que, mesmo que alguns membros sejam conhecidos por serem mais animados e outros, mais na deles, no palco, a regra que valia era outra. A energia e a disposição de cada um deles variavam muito.**

No show de 2017, por exemplo, observei que o Jimin quase não falava, nem interagia com os fãs. Permanecia quieto boa parte do tempo, fazendo apenas o que precisava, como se estivesse triste ou muito cansado. Já em Paris, no ano seguinte, foi ao contrário. Era o mais empolgado, com muita energia, agitando a plateia o tempo todo. A mesma coisa aconteceu com o V. Em muitos shows, o vi ser bem-humorado, sorridente, enquanto em outros, mais retraído, se movendo no palco como se estivesse sobrecarregado.

Já o J-Hope, em todas as vezes que assisti ao BTS ao vivo, se apresentou com a mesma postura profissional. Ele tem uma personalidade que transmite otimismo, e parecia sempre estar preocupado em melhorar o rap e a dança no palco. Fiquei me perguntando algumas vezes se estava mesmo feliz como aparentava. Talvez, não. Mas o J-Hope é o tipo de *idol* que escolheu mostrar preferencialmente seu lado mais carismático. Ele está sempre preocupado em dar seu melhor aos fãs.

Dificilmente você verá nos shows o Jungkook dos *photobooks* dos álbuns. Enquanto nas fotos dos álbuns encontramos o lado mais sexy do *maknae* do BTS, nas apresentações, ele está sempre feliz, com o seu sorrisão mais genuíno, em que os olhos ficam bem apertadinhos e enrugados e a alegria esparramada no rosto. Foram nos momentos em que os membros interagiam com o público e jogavam bolinhas em que o vi mais amável, sorrindo tanto que me contagiava.

Aliás, o sorriso do Jungkook é tão marcante que fez eu ter mais orgulho do meu próprio. Nas minhas fotos de adolescente, eu estava sempre mais séria, pois tinha vergonha do tamanho dos meus dentes. Inclusive, tinha até um apelido. Meus colegas de classe me chamavam de coelho, o que me machucava

J-HOPE

JUNGKOOK

BTS

muito. Eu sempre saía correndo da sala de aula, chorando. Depois que vi muitas fãs chamarem o Jungkook de coelhinho, por causa do sorriso dele, percebi que não fazia sentido me sentir insegura com isso, pois eu amava o sorriso espontâneo do Jungkook.

Já o RM é um líder nato. Em todas as vezes que vi o BTS, era ele quem conduzia o show, orientando os membros e iniciando os discursos. Também o vi mais de uma vez se certificando de que estava tudo bem com os outros membros e, por transmitir essa maturidade, RM é um ponto de referência para o grupo. Os meninos sempre o procuram com o olhar em situações em que precisam de um norte.

Mesmo Jin sendo o mais velho, o que normalmente determina a ordem na hierarquia das relações na Coreia, fica visível como ele respeita a liderança do RM. E fazendo isso sempre de bom-humor, entre uma piada engraçada e outra nem tanto. Falando no Jin, em Paris, ele ganhou a minha atenção no momento em que cantou "Epiphany" ao piano. A voz dele é forte, ele cantou com muita intensidade e deixou todo o estádio em silêncio, admirado.

Deu para sentir que os membros mais populares na Coreia, pelo menos nos anos em que fui aos shows do BTS por lá, eram V e Jungkook. Fiz a minha medição baseada nos gritos. Quando os dois cantavam, faziam alguma brincadeira ou tinham destaque na coreografia, a vibração das fãs era bem mais intensa. Já no Brasil,

J-Hope pareceu o número um do fandom. O nome dele foi o mais berrado entre as pessoas por aqui.

Ah, uma curiosidade engraçada do show de 2016 na Coreia: um dos dançarinos de apoio do grupo estava parecido com o Suga, porque usava o cabelo pintado da mesma cor e uma roupa parecida. A equipe de iluminação se confundiu várias vezes e, em vez de seguir o *idol* quando ele cantava, focava as luzes e a câmera no dançarino. Na plateia, quem notou, achou graça, porque, assim que percebiam o engano, dava para ver o foco de luz correndo pelo palco, de um jeito afobado, em busca do Suga.

E já que estamos falando dele, preciso dizer mais três coisas. A primeira é que o Suga ao vivo é intrigante. Ele sempre me deu a impressão de ser um membro mais na dele, por causa da expressão mais séria nas fotos e do seu jeito de fazer rap. Porém, nos shows, percebi o quanto ele gosta de falar. Que engraçado. Em uma das entrevistas durante um show para o fã-clube, fiquei surpresa com as longas respostas e a vontade dele de conversar e de dar sua opinião. Isso era algo que eu nunca iria descobrir apenas vendo os MV's.

Em Daegu, conheci a família do Suga quando fui com as minhas amigas comer no restaurante dos pais dele. A mãe nos atendeu e, apesar de termos fingido que não éramos fãs do BTS, acho que estava escrito na nossa testa "sou *ARMY*", porque aquela região não era comum para turistas. A mulher foi muito simpática. O irmão também foi. Aliás, conseguimos identificá-lo por ter o sorriso igual ao do Suga. Na saída, ele perguntou de onde éramos. Respondemos "Brasil" e ele ficou surpreso por sermos de um país tão distante da Ásia.

Restaurante da mãe do SUGA.

Também tive a oportunidade de ver o EXO de perto em um *fansign*, que aconteceu em Seul, em um local público, e observei algumas coisas interessantes. Vi como Chanyeol se importa com a própria aparência perto das fãs. Mexia no cabelo o tempo todo, se olhando em algum reflexo sempre que podia para ter certeza de que estava bonito, de que ele estava expondo seu melhor ângulo, e dobrando a manga da camiseta para que todos vissem como os exercícios físicos estavam dando resultado.

Sehun tem um jeito muito estranho de se sentar. Fiquei agoniada porque imaginei que ele devia estar desconfortável naquela posição, mas o *maknae* do EXO permaneceu até o final sem se mover na cadeira. Se eu fosse descrever o jeito que ele se sentou, que, aliás, eu nunca tinha visto até então, seria mais ou menos como se o Sehun encostasse só a bunda no encosto da cadeira e inclinasse as costas para a frente, só que num formato côncavo. Parecia tão desconfortável que minha amiga e eu só conseguíamos olhar pra ele e dizer: "Menino, arruma a postura!".

Eu me apaixonei pela personalidade do D.O.. Ele é mais reservado do que eu imaginava, mas não exatamente por ser tímido. É mais adulto, na verdade. E bem charmoso. D.O. também demonstrou se importar com as pessoas, só que em vez de dizer coisas bonitinhas ou fofas, ele soa sempre maduro e responsável.

Vou dar um exemplo: no final, ao dizer a mensagem para se despedir das fãs, enquanto todos os outros membros do EXO disseram coisas queridas, como "adoramos vocês, obrigado por apoiarem nossa música, continuem gostando do grupo", o D.O. pegou o microfone para alertar os fãs sobre o calor que estava fazendo naquele dia. Aconselhou, com a voz grave e sensata: "Tomem cuidado para não ficarem doentes por causa do ar-condicionado". Ele parece ter uma preocupação genuína com as pessoas, igual a um pai que dá conselhos aos filhos para que eles não se machuquem. Não que os outros membros não se preocupem também, mas me chamou a atenção o fato de o D.O. colocar esse lado dele acima do papel de *idol*.

Para mim, também reforçou essa ideia o fato de ele não parecer preocupado em sair bonito nas fotos ou em estar com uma roupa estilosa. **O compromisso dele pareceu ser apenas com o trabalho, que inclui fazer música boa e ser atencioso com as fãs.**

Com um cartaz do D.O.

O que foge disso, o D.O. parecia preferir deixar de lado. Considerando a postura que observei no *fansign*, dá para imaginar que pessoa madura e inteligente ele deve ser. Alguém que é fiel às suas obrigações como *idol* não porque se enxerga como uma celebridade, mas porque compreende que trabalho é coisa séria. Acho que se ele atuasse em algo diferente, talvez como gerente de banco ou vendedor em uma loja, D.O. teria o mesmo nível de responsabilidade e preocupação.

Sobre Baekhyun, preciso confessar que o achava um pouco... Metido. Sabe aquele membro que procura estar sempre à frente do resto? Mas eu me enganei e adorei descobrir que estava errada. Na verdade, Baekhyun é alegre e tem muita energia, ele gosta de fazer brincadeiras o tempo todo. Acho que foi por isso que eu o confundi com alguém que tem uma personalidade mais esnobe, que quer aparecer mais do que os outros. Porque animação, se percebida com desatenção, pode ser entendida como exibicionismo. Ao vivo, ele é um garoto muito cativante, que sorri o tempo todo, e passa uma energia muito boa para quem está perto.

Ver *idols* de perto também pode ser frustrante. Tive decepções. Conheci pela internet um grupo pequeno chamado High4 e decidi acompanhar a evolução dele. Enquanto eu estava na Coreia, o grupo fez um *comeback* com o *sub-unit* chamado High4:20, com apenas dois dos quatro membros originais. Para apoiá-los, ia em tudo o que faziam, como programas de TV e apresentações. Em um dos *fansigns*, dei com a cara na porta. Estava marcado para às oito da noite. Quando cheguei ao local combinado, vi que estava vazio. Perguntei para algumas pessoas onde seria o *fansign*, imaginando que

BAEKHYUN

houvesse alguma sala em que estivesse todo mundo, mas me disseram que o evento já tinha acontecido. À uma da tarde! O grupo havia antecipado o horário de assinar os álbuns e eu não fiquei sabendo. O aviso tinha sido postado em cima da hora no site do grupo, mas eu nunca imaginei que horário de *fansign* poderia ser mudado, por isso, não confirmei antes. O senhor que trabalhava no local perguntou porque nenhuma amiga minha tinha me avisado, e eu respondi que era estrangeira, por isso, não participava dos fóruns em que as fãs trocavam informações.

Mas eu ainda não havia desistido de vê-los, então fui até um programa do qual eles participariam. Mais cinco fãs e eu esperamos do meio-dia às sete da noite para poder entrar. Foi cansativo, mas tudo parecia correr bem. Uma fã percebeu que eu estava com frio e me deu um *hot pack*, uns saquinhos de calor instantâneo muito comuns na Coreia. Me senti acolhida e fiquei otimista sobre aquele dia.

Fansign do EXO.

A única na foto não cobrindo o rosto.

PENA QUE EU ESTAVA ENGANADA.

Quando finalmente os vi de perto, meu choque foi descobrir que os meninos não eram nem um pouco legais com as fãs. Geralmente, nas pausas entre as gravações, os grupos conversam um pouco com os fãs, mas, nesse caso, os caras simplesmente ignoraram a gente! Se respondiam ao que nós falávamos, era meio de saco cheio, sem olhar nos nossos olhos, quase como se estivéssemos incomodando. Tentei trocar uma ideia em inglês com o Alex, o membro americano, mas fui tratada como se fosse inferior. Confesso que eu imaginava que eles seriam mais legais conosco. Peguei o último metrô, das onze da noite, e me senti mal durante todo o trajeto para casa. **Eu esperava ser desprezada por qualquer pessoa, menos pelo meu *bias*.**

Mas vamos falar de coisa boa, vamos falar de NCT 127 ao vivo. Ao vê-los em um festival, pensei que seria como nos MV's, que parecem destacar sempre os mesmos membros do grupo, como o Mark e o Taeyong, que são aqueles que têm mais linhas nas músicas. Alguns acabam aparecendo mais na câmera do que outros. Só que nos shows ao vivo, as coreografias, as performances e os vocais davam ênfase em todos os membros. A atenção era muito bem distribuída. As vozes do Taeil e do Doyoung também receberam o foco que merecem. E assim, ao vivo, pude conhecer o grupo de verdade, observar melhor quem é cada membro e como todos eles, sem exceção, são importantes e contribuem para o NCT 127 ser tão incrível.

E, além disso, o NCT 127 é unido. E todos os integrantes são gratos na mesma intensidade pelo apoio que o grupo recebe dos fãs. No discurso final de agradecimento, todos eles deixaram mensagens muito bonitas e se emocionaram. **Não teve nenhum que conseguiu segurar o choro. Um dos momentos mais emocionantes foi quando o último integrante a entrar para o grupo, Jungwoo, agradeceu pelo restante dos membros tê-lo acolhido e o abraçado.** Aí, a partir do momento que conheci um a um, foi difícil escolher o meu favorito.

Outra coisa interessante é que eu jurava que, de todos eles, Taeyong e Mark eram os mais populares, assim como no Brasil. Mas me surpreendi ao ver que os gritos eram mais altos quando Jaehyun cantava ou conversava com o público. E quando ele se deslocava no palco, as meninas corriam para segui-lo. Mais uma curiosidade que os MV's não mostram.

Nas vezes em que fiquei diante de um *idol*, bem de perto, precisei de um tempo de adaptação para os meus olhos crerem que era mesmo real. E quando eu finalmente me convencia de que era, ainda assim, continuava difícil sustentar o olhar. A admiração pelo grupo pode transformar o simples ato de encarar o seu *bias* em dor física. Os olhos parecem que queimam quando você enxerga o *idol* de perto. Então, em muitos momentos de shows, *fansigns* e programas de televisão, virei o rosto, porque a visão gerava tanto amor e carinho que se tornava insuportável. Me arrependi muitas vezes por sentir que não aproveitei tanto o contato que tive com eles, mas entendo também que não é tão fácil superar a vergonha. Apesar disso, a intensidade desses eventos os tornaram especiais e únicos. Por isso é tão legal poder presenciar shows dos grupos e vê-los ao vivo, acabamos descobrindo coisas que não estão na internet.

GABY

    Quando voltei ao Brasil da minha primeira viagem à Coreia, uma amiga me perguntou como tinha sido ver o SHINee ao vivo. Respondi pensando não somente nos meninos, mas em alguns outros *idols* que vi de perto: "Olha, eu acho que *idol* é mesmo para ficar no pôster".

    Eu não mensurava a força que o K-Pop tinha em elaborar contos de fadas até que fui para Seul e vi, mais de uma vez, grupos de perto, em shows, lives, entrevistas e programas de televisão. E nem o quanto eu acreditava com todo o meu coração naquela fantasia. Não me entenda mal, ver o grupo favorito e o *bias* ao vivo é, sim, muito divertido. Mas também pode ser frustrante. Tudo vai depender da imagem que a gente construiu na cabeça a respeito de quem essas pessoas são.

    Não vou mentir dizendo que o SHINee foi muito simpático e adorável o tempo inteiro e que não me assustei ao ver como eles são diferentes quando a câmera está desligada. O trato com as fãs também tem influência cultural e eu, brasileira, senti o baque. E o que eu quero dizer com isso é que, assim como coreanos no dia a dia podem parecer um tanto secos para nós que somos mais calorosos, o mesmo vale para os meninos do SHINee e os outros *idols*.

Isso é ruim? Penso que não. Afinal, não estamos aqui falando de personagens criados por um deus chamado Lee Soo-man ou Park Jin-young ou Bang Si-hyuk, donos de algumas das empresas de entretenimento mais famosas da Coreia. Antes de qualquer coisa, todos os *idols* são homens e mulheres que foram criados em um país que não é o meu, portanto, não têm os mesmos costumes que os brasileiros. Então, é claro que não agiríamos da mesma maneira. Não há melhor ou pior, é apenas diferente. Compreender isso foi fundamental para que eu não cometesse o erro de confundir o modo de tratar das pessoas na Coreia, por conta da cultura e dos valores de lá, com grosseria.

Mas, apesar de isso soar óbvio, na prática, quando os vi colocando esses costumes para funcionar, me espantei e, sendo bem honesta, em um primeiro momento, me decepcionei. Além de eu ter crescido em um ambiente em que ser mais objetivo e distante é, muitas

No *fanmeeting* do SHINee.

Em frente ao pôster do SHINee, no SMTOWN Museum.

Eu e Onew.

vezes, sinônimo de falta de educação, eu havia incorporado muitas das narrativas do K-Pop. E nessas histórias nas quais o YouTube me convenceu a acreditar sobre o meu grupo favorito, Onew era tão fofo e ingênuo, que tinha ganhado o apelido de Tofu. Taemin era o *maknae*, adorável e mimado pelos outros. Key era *fashionista* e muito engraçado. E Minho, competitivo, boa praça, com uma das risadas mais gostosas do mundo.

Só que tudo isso são lados de personalidades que pertencem ao *idol,* e não necessariamente ao ser humano que está por trás da roupa de palco, que é o homem que tem um documento e uma conta a pagar. Quer dizer que SHINee e outros grupos são uma farsa? Não também. Mas o que percebi ao vê-los sendo espontâneos em ambientes sem câmeras ligadas é que quanto mais o tempo passa, melhor os *idols* se tornam em compor esse conto de fadas. Eles viram contadores profissionais de histórias. "Mas, Gaby, ninguém consegue esconder quem realmente é durante dez anos", foi o que

No restaurante em que Taemin gosta de ir.

ouvi de uma amiga que se recusou a crer no que contei. **Na verdade, é ao contrário: a experiência os faz dominar a arte de esconder o verdadeiro eu. E de dar para o público o que ele foi buscar: entretenimento com um toque de fantasia.**

E não está errado. Porque, no geral, um ser humano normal, com defeitos, seria incapaz de manter vivo por muito tempo um mundo tão colorido e atraente como o do K-Pop. Me dei conta disso no *fansign*, ao ver Key fazer cara feia ao reprovar atitudes de algumas fãs, como, por exemplo, a que parou em sua frente e fez uma dança constrangedora, que envolvia palmas no ar, rodopios e pernas abrindo hora para um lado, hora para o outro. Ele também reclamou do ar-condicionado e sentou na cadeira com um cobertor ao redor dos ombros curvados por uma exaustão que não parecia só física.

Quase não reconheci Taemin em algumas horas. Foi outro choque vê-lo se portar diante do que o incomodava e descobrir que, bom, ele não é meigo o tempo inteiro (mas, por favor, quem consegue ser?).

Primeiro, notei que, longe das lentes, ele era hiperativo, não parava de falar um minuto e de mastigar, se tivesse comida por perto. E que a mania de piscar apertando os olhos usando todo o rosto ficava ainda mais repetitivo, o que me fez concluir que, nas gravações, talvez Taemin se preocupasse em controlar o hábito. Mas o susto mesmo foi em meio aos autógrafos: a maneira como ele comunicava às fãs que insistiam em alguma atitude inconveniente em relação a ele, era objetiva, direta e, bom, passava longe da fofura. A postura era a de um homem adulto, que não estava concordando com o que lhe era pedido. No caso, a permissão para tocá-lo, como no rosto ou nas mãos, ou a persistência de pôr uma coroa de flores ou uma tiara com orelhas de coelho em sua cabeça. Ficou bem claro naquele *fansign* que, na realidade, os *idols* nem sempre estão no humor para ganhar ou vestir itens infantis. No evento em que eu estava, todos os quatro recusaram presentes e apelos assim.

Com Minho, a surpresa foi em relação a como ele gosta de jogar charme para as fãs mesmo quando as câmeras estão desligadas. Além disso, ele é o tipo de homem que sabe que é bonito. Conversou comigo e com outras meninas tendo plena consciência do efeito que sempre causa. Às vezes, tão convencido do próprio charme que me fazia querer apertar suas bochechas. Era bonitinho vê-lo sorrir e piscar meio Don Juan. Principalmente, porque o fazia apenas com as fãs. Duvido que ele dê aquelas piscadelas exageradas ao paquerar uma moça em quem esteja interessado na vida real.

E Onew... Bom, o que dizer sobre o líder do SHINee? Nunca sei direito por onde começar. Vê-lo pela primeira vez em pessoa não foi como havia previsto.

Lá estava eu, mais *shawol* do que nunca, sentadinha no pequeno estúdio da S.M., esperando iniciar a live que o grupo faria para o *comeback* de *The Story Of Light*. Os meninos do SHINee iam passar do meu lado, então eu os veria pela minha primeira vez mais perto do que em qualquer sonho de fã que já pudesse ter tido.

A minha expectativa em relação ao Onew era que ele seria o único membro que destoaria. Achava que iria acabar descobrindo que ele era deslumbrante somente no palco, por causa de todos os artifícios de produção. Mas, de perto, o acharia um cara comum, meio sem graça até, sem muitos atrativos.

Sentei bem linda na minha cadeira e aguardei. Quando os gritos começaram fora do estúdio, me posicionei para vê-los entrar.

E aí veio o tombo.

Eu não lembro direito a ordem em que SHINee entrou, o que sei dizer é que Onew passou, tudo ficou meio embaçado e eu não enxerguei mais nada. Aquele homem fritou o meu cérebro.

Ele não era apenas bonito, mas intrigante, misterioso, com um charme que não suscitou em mim pensamentos do tipo "meu *bias* é tão maravilhoso", mas sim "caramba, eu quero saber mais sobre ele". Vi poucos homens assim na vida, com uma presença que invade você, que toma o seu corpo como uma crença ou uma ideia fariam. E foi o que aconteceu: Onew entrou e eu senti com cada célula que ele estava ali. Não tinha como ficar indiferente.

Depois de vê-lo outras vezes na Coreia, e tive a sorte de todas terem sido de perto, percebi que, entre os sorrisos solares, ele ia dando pistas. Observá-lo fora das câmeras era como espiar atrás de uma cortina. Porque havia algo nele de alguém que não contou toda a história. Até aquele momento, eu havia compreendido logo de cara quem eram os *idols* e como eles trabalhavam: claro que não mostravam tudo, mas o suficiente. Já Onew, não. Ele parecia um segredo interessante que dava vontade de desvendar.

Flagrei-o em programas de TV e também no *fansign* com um olhar provocador ao cochichar alguma coisa com um dos membros e lembro de ter pensado que ele poderia ser um criminoso disfarçado ou o namorado mais apaixonado. Não tinha como saber.

Uma curiosidade reconfortante: no *fanmeeting* do SHINee, em que participei em Seul, no final de 2018, Onew estava com a pele cheia de espinhas. Por alguma razão, em nenhum vídeo postado desse dia é possível perceber isso. Mas não vou mentir, adorei saber que ele também não tem uma pele perfeita. E posso afirmar que nenhuma das espinhas abalou um centímetro da beleza dele.

Foi interessante, mas também chocante. Porque tudo era muito diferente do que achei que encontraria.

Sensação semelhante de descoberta me esmurrou ao ver um show solo do Taemin na Coreia. Seriam três datas e eu consegui comprar ingressos para todas.

Se você é fã do SHINee, sabe que, no geral, há dois Taemins: o sexy e o fofinho. Por motivos de *maknae*, percebo que o lado mais popular dele acaba sendo o fofinho. Só que o vendo no palco, em um show projetado para que o público enxergasse quem ele é como artista, percebi que há tantos lados no Taemin que me fez questionar se eu realmente conhecia meu artista favorito.

Show do Taemin!

Emocionada depois do show do Taemin.

Edição de vídeo é como qualquer outra forma de texto: o editor precisa escolher que história quer contar. Então, a partir do momento que o caminho está definido, é provável que todos os ângulos da narrativa que não contribuem para o que o editor quer mostrar serão deletados. É errado? Não. É parte do trabalho, não dá para contar trinta histórias ao mesmo tempo. Além disso, se o editor está lidando com mercado, com visualizações, com YouTube, ele vai optar pelo relato mais popular, o que vai gerar mais engajamento.

O processo é importante, mas um pouco ingrato. Porque há tantos trechos interessantes da experiência que são descartadas. **Por isso é que eu carregava comigo a certeza de que ver um show do Taemin, ao vivo, mudaria algumas noções que eu tinha a respeito dele. E uma das visões que foram massacradas em mim é de que, no palco, ele é um artista *fofo*.**

Nos três dias de show, eu estava praticamente colada na grade do palco. Então, vi tudo com clareza. Posso dizer que as centenas de vídeos de performances do Taemin que analisei me deram apenas 5% da experiência. Vê-lo tão de perto me causou assombro em vários momentos.

Foram tantas informações novas. Uma delas é a maneira como ele dança.

Se eu fosse descrever para alguém o início de uma das coreografias do Taemin que estou vendo no computador, seria algo assim: ok, aqui está ele, parado, de costas para o público, rosto de lado, dedos estralando no ritmo da introdução da música. Mas, ao vivo, a descrição dessa dança ganhou detalhes. Diante do palco, vi que o corpo inteiro dele dança. A cintura fazia movimentos leves, quase brincalhões, o que jogava a sensualidade lá para cima. O pescoço também não estava quieto, e o maxilar se mexia com precisão na batida do R&B. Os ombros iam para lá e para cá, em harmonia com o resto do corpo, mas o *swing* era tão sutil que enchia quem estava na plateia de desejo. Você queria mais, queria descobrir o que aqueles ombros estavam tramando, o que aquele artista ia fazer em seguida. E, no show do Taemin, não havia suspense à toa. Ele provocava, e entregava sempre muito mais do que prometia.

E ISSO, A CÂMERA FRACASSA EM CAPTAR. POR ISSO, NUNCA ESTARÁ NO YOUTUBE.

Fiquei fascinada também ao me deparar com a presença intensa que Taemin tem no palco, assim como o posicionamento artístico de trazer para a performance o que ele quiser, ignorando rótulos e estereótipos. Também é corajoso com a própria voz, potencializa a própria beleza física trazendo para a superfície os sentimentos que quer transmitir e é generoso ao proporcionar entretenimento para quem o assiste. É um artista que sabe quem é, e essa maturidade me pareceu ser a fonte da força da presença que ele tem no palco. É um homão que não tem receio de se expressar.

A convicção de tudo isso também me ocorreu em dois momentos específicos do show. A hora em que eu estava boquiaberta vendo-o dançar na minha frente e Taemin me achou. E, para garantir que a minha experiência fosse inesquecível, dançou e cantou um trecho da música olhando nos meus olhos, sem medo algum de se conectar, mas também determinado a me fazer cair ainda mais fundo de amores por ele. Juro, eu tive que catar do chão, no meio de confetes prateados, o meu coração mole e apaixonado.

O segundo momento foi em uma daquelas pausas para ele conversar com a plateia. Explicou as novidades que tinha pensado para as apresentações, perguntou o que as fãs tinham achado das novas versões de coreografias já conhecidas, confessou o nervosismo ao pensar que poderia não ter dado à plateia o melhor que podia em cada música. E lá estava eu, com o queixo caído de novo, babando e, mais uma vez, Taemin me viu. Fez contato visual e seguiu com o que estava dizendo atento aos meus olhos, conversando comigo, explicando só para mim.

QUE HOMEM LINDO, MEU DEUS.

E eu não posso ir embora deste capítulo sem contar do BTS a meros cinco passos de mim na gravação de um programa de TV.

Já tinha ido a um show deles no Brasil, mas fiquei lá atrás. No estúdio da emissora de televisão, em Seul, eu estava na grade. Então, os veria a ridículos três metros de distância. Eu estava esperando uns garotos bonitos, divertidos, simpáticos, porém fui surpreendida de novo. Entraram sete homens de porte respeitável, tão belos que me fariam rimar.

Os primeiros a me esmurrarem foram RM e Suga. Soltei um "Meu canequinho!", em português, bem alto, de tão surpresa. Por que a internet me enganou por tanto tempo a respeito do carisma e da beleza desses rapazes? Tanto que meu *bias*, Jungkook, estava ao lado, mas eu não o tinha visto ainda, ocupada em olhar para os outros dois. O magnetismo do RM e do Suga se derramou pelo estúdio e, por algum motivo, relacionei-o com o rap eletrizante que os dois são capazes de entregar. E os admirei com respeito.

Esperando para entrar em um programa de TV.

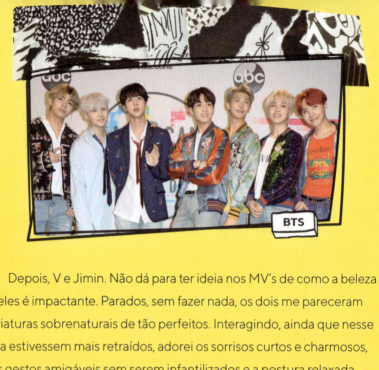

Depois, V e Jimin. Não dá para ter ideia nos MV's de como a beleza deles é impactante. Parados, sem fazer nada, os dois me pareceram criaturas sobrenaturais de tão perfeitos. Interagindo, ainda que nesse dia estivessem mais retraídos, adorei os sorrisos curtos e charmosos, os gestos amigáveis sem serem infantilizados e a postura relaxada, fruto da vontade de estarem ali e da segurança que o amor das fãs transmitia para eles.

Em um determinado momento, Jin parou na minha frente. E é engraçado quando você consegue espiar através da cortina do *idol* e enxergar um pedacinho do ser humano. **Tive a sensação de que Jin, pelo menos naquele dia, havia deixado a roupa de celebridade em casa. Parecia tão acessível parado, no cantinho do palco, sorrindo para os fãs com os olhos curiosos, as mãos para trás, dando a entender que estava aberto e sem defesas.** Do ponto da grade em que eu estava, entendi melhor de onde havia saído a minha percepção de que Jin era um rapaz doce, que acabava falando mais a respeito de si quando não era a vez dele de estar sob o holofote, nos momentos em que acreditava não estar sendo observado.

Por fim, Jungkook. E vou dizer já de cara que o *maknae* do BTS sabe exatamente como tirar gritos das meninas. Ele pisca, dá sorrisinhos provocantes, mexe no cabelo, mostra o abdômen. Mas o que me deixou mais apaixonada ainda por ele, se é que isso é possível (e que Taemin não me ouça), não foi toda a sedução.

Eu amo o timbre do Jungkook. E, ao vivo, a voz dele é ainda mais linda, uma delícia de ouvir. Além disso, também tive um segundo de privilégio em observar o menino que se esconde por trás daquele físico de músculos trincados, costas de guarda-roupa e maxilar de respeito. Jungkook estava parado na minha frente, encantando as garotinhas ao meu lado com o seu sorriso matador. E, seguindo com o olhar na linha de fãs, parou ao fazer contato visual comigo. Ele desfez a expressão canastrona imediatamente e ficou me olhando, um tanto confuso, como se estivesse tentando decidir o que deveria fazer diante daquela fã que não se parecia com as demais.

O que eu vou dizer aqui é um chute, afinal não dá para saber exatamente o que fez ele suspender a performance por um segundo assim que me viu. A impressão que tive é que ele notou que eu era mais velha. E talvez por respeito ou por uma súbita clareza de que piscadinhas como aquelas poderiam não fazer tanto sentido para mulheres que passaram dos trinta, Jungkook se desarmou e deixou escapar um pouco do menino que não tinha as respostas para tudo. Levantei as sobrancelhas, meio de brincadeira, e ele simplesmente saiu. Foi para o outro lado do pequeno palco. Mais tarde ele retornou e me olhou do mesmo jeito, intrigado, e se eu fosse colocar uma legenda para aquela expressão que ele fez, eu escreveria:

"SERÁ QUE ELA É MÃE DE ALGUÉM?".

Cenário do programa "M Countdown".

DEEP WEB DO K-POP
케이팝의 다크웹

Quando estive na Coreia, acabei indo mais em shows do que em eventos com *idols*, tipo programas de TV e gravações, porque não fui sorteada para ir em quase nenhum. Você conseguiu entrar de boa nesses eventos, Gaby?

Menina, nada lá foi fácil. O que dificulta mais a vida de fã estrangeira de K-Pop é que as informações nunca estão acessíveis para nós.

Exatamente! Eu brinco que parece existir uma Deep Web do K-Pop, em que as informações sobre *fansigns*, como participar de programas de TV, requisitos exigidos para assistir às gravações dos grupos, e outras coisas, estão escondidas no Twitter ou em sites que você não acha no Google.

Quando viajei, tinha uma amiga aqui no Brasil monitorando o Twitter para me ajudar a ficar por dentro das informações sobre eventos com o SHINee e com outros grupos. Além disso, tivemos que conversar com pessoas que moram na Coreia para nos explicar como as coisas funcionavam.

Sozinha, sem contato nenhum, é difícil conseguir descobrir os rolês com os *idols*. As fãs procuram manter tudo entre elas. Se você não tem uma conhecida que entende como tudo funciona, fica quase impossível participar de qualquer coisa.

Nossa, eu tive amigas que foram muito importantes nessa verdadeira jornada pela Coreia, sem elas jamais teria visto o *first stage* do *comeback* do SHINee, nem teria participado do *fansign*. As gravações em emissoras de TV são uma verdadeira caça ao tesouro. Tiramos uma selfie em um cartaz colado numa árvore em um ponto da cidade durante a manhã, enviamos para um número de celular, corremos para estar em frente à emissora em três horários diferentes do dia e, lá pelas dez da noite, junto com outras mil pessoas, fomos colocadas em umas três filas diferentes, para, só então, por volta das quatro da manhã, conseguirmos entrar. Tudo isso para uma gravação que dura, em média, vinte minutos.

Você ainda conseguiu entrar. E eu que acompanhava umas contas no Twitter que divulgavam *fansigns* de vários grupos, pedia ajuda para amigas que falavam coreano para entender as regras de programas de TV, me enfiava nos sorteios para assistir às lives, e nunca conseguia entrar em nada? As outras fãs estavam sempre adiantadas. Por fim, eu desisti e resolvi aproveitar outras coisas da viagem.

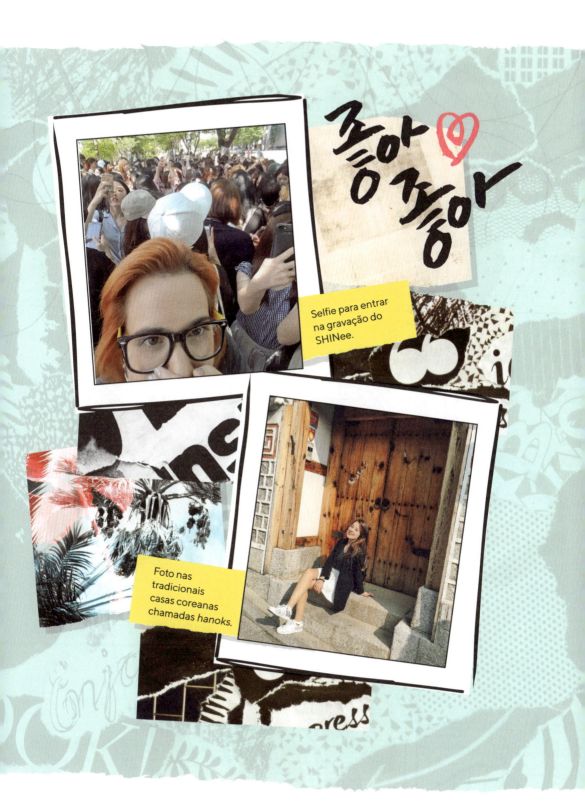

O QUE O K-POP FEZ POR MIM

케이팝이 내 인생에 어떤 변화를 가져왔을까

MIDORI

Se eu fosse listar as mudanças incríveis que o K-Pop trouxe para a minha vida, acho que chegaria até a Coreia com o número de páginas que eu escreveria. **Foram muitos anos acompanhando grupos que me motivaram, me inspiraram, e colocaram em mim a crença de que eu era capaz de realizar tudo o que quisesse, desde que me esforçasse e me preparasse.**

O primeiro item da lista acho que seria a quantidade de pessoas que conheci com o K-Pop. De *capoeira* solitária passei a uma pessoa cercada de gente legal, que tem muito mais amigos do que a Midori da adolescência jamais imaginou que teria. Amigos com vivências completamente diferentes das minhas, e que compartilham comigo algo em comum, que é o interesse pela cultura coreana.

Também foi o K-Pop que me ajudou a descobrir uma espécie de empreendedorismo que eu não fazia ideia de que existia dentro de mim. Lembro que, desde que comecei a curtir música coreana, assistia a vídeos no YouTube de estrangeiros com descendência asiática contando a respeito da experiência de terem se mudado para Seul ou para Busan, e pensava o quanto todos eles eram privilegiados já que algo assim jamais aconteceria comigo, uma brasileira que não tinha qualquer relação direta com a cultura da Coreia.

Até que achei vídeos de americanos que haviam decidido morar na Ásia. A partir daí, defini que eu também era capaz. Eu tinha um desejo muito grande de ver pessoalmente tudo aquilo que acompanhei durante minha adolescência. Fiz pesquisas, li sobre bolsas de estudo, e tentei meu primeiro intercâmbio. Seria feita uma seleção.

E EU NÃO PASSEI.

Isso não me fez desistir, apenas adiar. Claro que fiquei desanimada, mas não parei de trabalhar. Nessa época, criei o canal no YouTube. Era abril de 2015. Gravei coisas que não postei até que, em junho, tomei coragem e coloquei meu primeiro vídeo no ar, um *reaction* do MV "Um Oh Ah Yeh", do Mamamoo (e até hoje não sei se dá para chamar

MAMAMOO

2017, meu primeiro evento! Amo esses encontros porque consigo conhecer vocês de pertinho!

aquilo de *reaction* porque eu basicamente fico quieta olhando para a tela, mas ok, dá um desconto para o meu nervosismo).

Dois meses mais tarde, já tinha mil inscritos. Fiquei muito feliz, jamais imaginava que o canal chegaria aos quatro dígitos. Também tive apoio de amigos youtubers que acreditavam no meu conteúdo e me ensinaram tudo sobre a plataforma.

Paralelo aos vídeos, seguia a minha busca por formas de ir para a Coreia. Descobri que a minha universidade, onde eu estudava Arquitetura, tinha parceria com instituições de ensino coreanas. Não era 100% gratuito, mas a bolsa era muito boa. Me candidatei e, desta vez, consegui a vaga! Eu não conseguia acreditar, tanto que não contei para ninguém na época. Deixei para anunciar para os inscritos do canal somente no dia em que estava embarcando.

Foi só no avião que caiu a ficha. Estava me mudando para um país distante, em que eu teria que me adaptar a uma cultura que só conhecia pelo YouTube. Tive crises de ansiedade durante o voo, com enjoos e falta de ar, não consegui comer, e senti medo, muito medo. **Porém, mesmo apavorada, conseguia ouvir uma voz dentro de mim que me lembrava a todo momento que a minha decisão de ir embora do Brasil podia ser assustadora, mas ninguém tinha dito que realizar sonhos era algo fácil de se fazer.** Eu andava com um papel na carteira e lia o que estava escrito nele toda vez que o medo batia: "Vá com medo, vá sem medo, mas vá logo". Eu sentia que estava pronta.

Aprendi muito na Coreia. Fui pensando em me aproximar de tudo o que me encantava no mundo que eu conhecia apenas pela internet. Claro que muitos cenários que encontrei eram parecidos com os dos doramas e os dos MV's de K-Pop, mas nenhuma experiência foi igual. Tive que rever boa parte do que sabia, afinal, tudo o que eu havia aprendido até ali, segundo a minha cultura, não servia na Coreia. Em muitas situações, me vi sozinha, tentando entender o jeito de me

Amigos gringos que mantive do intercâmbio.

Thais Genaro, eu e Iago, amigos do YouTube para a vida inteira. Nossa K-POP GANG!

aproximar de pessoas e fazer amigos, a maneira de me relacionar com autoridades, o modo como funcionava a universidade em que eu estudava, e tantas outras regras sociais. Tudo isso era tão diferente, tão interessante, e eu adorava explorar e conhecer cada vez mais lugares e pessoas.

Também me deparei com situações ruins no país, afinal nenhum lugar é perfeito. Apesar de a Coreia ter segurança e um sistema de transporte impecável, eu sentia falta de acolhimento e de companheirismo. Além disso, lidei com as dificuldades de morar sozinha em um país distante. Eu estava sozinha, tinha que me virar. Pagar contas, ser responsável, ir ao hospital, me organizar, me comunicar melhor.

Foto com a placa de um milhão!

Usando hanbok.

Amigos youtubers que me incentivaram e ajudaram com o canal. Obrigada, Leo e Satty!

E TUDO ISSO TAMBÉM DEVO AO K-POP.

Mas, se eu fosse mesmo criar uma lista de mudanças que o gênero trouxe para a minha vida, acho que resumiria com apenas um item, o maior de todos, o mais importante:

O K-Pop me tornou uma garota melhor.

Se hoje eu tenho mais empatia com pessoas do meu país e também de culturas opostas à minha, se descobri outras coisas que amo fazer fora da Arquitetura, como vídeos e eventos, se o canal chegou a um milhão de inscritos, se agora tenho mais controle sobre a minha ansiedade, se deixei para trás a aluna que só pensava em tirar dez para ser alguém capaz de perdoar os meus defeitos e os meus erros, se conheci outros países, se aprendi mais línguas, se minha autoestima está no lugar a ponto de eu me preocupar menos em agradar a todo mundo, devo muito ao K-Pop. De adolescente que mentia o gosto musical para agradar as pessoas da escola, me tornei uma garota que grita para o mundo todo através do YouTube: "Sim, eu gosto **muito** de K-Pop".

E, com o canal, aprendi que as pessoas possuem opiniões diferentes. Aprendi que não vai ser todo mundo que vai gostar de mim. Aprendi que não posso me cobrar tanto. Aprendi que vou cometer erros e isso é inevitável. Esse entendimento me possibilitou controlar melhor a ansiedade, a compreender a mim mesma e a me aceitar como sou.

O K-Pop me fez abrir a mente e ter o desejo de conhecer algo com que eu não estava acostumada. Me mostrou que o mundo é muito maior do que eu imaginava. O que começou apenas com uma música, tornou-se admiração e curiosidade. Às vezes, me pego pensando como estaria a minha vida atualmente sem o K-Pop, sem todos os amigos que fiz e sem todas as lições que aprendi. Realmente, a música coreana chacoalhou a minha vida.

Por isso, digo que sou o que vivi. Sou todas essas experiências que tive. E o que elas fizeram comigo foi me ensinar a ser mais humana e a olhar para os meus fracassos com mais entendimento.

Acho, então, que o certo seria preencher a minha lista com esta frase: **o K-Pop me ajudou a amadurecer.**

Meu segundo dia na Coreia, vendo neve pela primeira vez.

GABY

Há mais de dez anos, eu estava nos mesmos dois empregos, tentando perder os mesmos oito quilos, usando as mesmas roupas que eu odiava, com a mesma cor de cabelo, com os mesmos amigos, acostumada a receber as mesmas broncas e os mesmos elogios, ouvindo a mesma *playlist* no mesmo carro. Há mais de dez anos, minha vida não tinha descobertas, nem frios na barriga, nem desconfortos. Eu estava afundando em um lodo de comodismo.

E quem encostou em mim com o desfibrilador foi o K-Pop.

A ambição dos grupos de dominar o mundo em cada *comeback*, as cores estouradas dos conceitos, os roteiros dramáticos, os absurdos *nonsense* dos MV's, os figurinos muitas vezes incompreensíveis para mim e a urgência das coreografias, não só me deram um novo gosto musical. **Pela primeira vez, em muito tempo, eu me senti desafiada.**

A criatividade do K-Pop me encheu de vontade de criar. De repente, eu queria gravar vídeos diferentes para o meu canal, que

Super Junior e eu!

na época tinha, no máximo, cinco mil inscritos, quis escrever novas histórias, aprender um outro idioma, ir mais longe na próxima viagem ao exterior, provar sabores novos de comida, desistir dos meus gostos ocidentais, dar espaço a outros continentes para que, assim, eu pudesse achar o belo em todas as suas formas.

E, desestabilizando tudo o que eu conhecia, o K-Pop me obrigou a olhar não apenas ao redor, mas para dentro de mim mesma. Questionei a vida que eu andava levando e, coincidência ou não, pouco tempo depois, estava pedindo demissão dos meus empregos, sendo que, em um deles, eu havia entrado como estagiária e já estava na coordenação. Eram estáveis, seguros, por isso, entendi a expressão de choque dos meus chefes quando pedi para sair. Eu era praticamente patrimônio das empresas. "Você tem certeza, Gaby?", um deles me perguntou.

Só que eu havia despertado e não tinha mais volta. A curiosidade em descobrir o que mais sabia fazer, quais outros trabalhos me

Destruída após o show do SHINee.

esperavam por aí e que outras pessoas eu tinha para conhecer, não permitia mais prosseguir parada no lugar onde fiquei por tantos anos.

Descobri que ainda tinha oxigênio para escrever histórias. Em três meses, coloquei no papel uma ficção inspirada na cultura coreana e a publiquei. Desde então, não parei mais. O K-Pop parece uma fonte inesgotável de inspiração. Continuo encontrando, todos os dias, músicas, conceitos, MV's, artistas, letras e coreografias que me dão carga para inventar narrativas que não se pareçam com algo que eu já tenha feito.

Meu canal no YouTube também sentiu o impacto do K-Pop. Fiz vídeos que jamais imaginei que seria capaz de produzir, baseados em roteiros que, antes do contato eletrificado com tudo o que é coreano, não teriam saído da minha mente amortecida pela mesmice. A diferença veio para a superfície e mais gente notou a mudança, tanto que o canal cresceu. Resolvi legendar meus vídeos em inglês e, quando vi, havia pessoas de outros países curtindo o conteúdo que eu postava.

No meio de todo esse processo, perdi meus oito quilos trocando comportamentos compulsivos de antes pelo autoconhecimento de agora, quis usar minhas roupas de um jeito diferente e perdi o medo de pintar meu cabelo com uma cor mais forte. Então, pela primeira vez em muito, muito tempo, olhei minha imagem no espelho e me reconheci.

 A imagem que eu via refletida condizia com a maneira que eu me sentia por dentro. O exterior era uma faísca de tudo o que eu estava descobrindo a meu respeito e todo o movimento. Era como ver um rio de água parada voltar a ter ondulações e, portanto, a ter vida.

 E, aí, me achei bonita.

 Eu costumava ficar triste por não ter conhecido o K-Pop antes. Talvez em 2008, quando o SHINee debutou, ou em um tempo em que pudesse ter acompanhado grupos históricos como 2PM, TVXQ!, 2NE1, Girls' Generation e MBLAQ. Mas, hoje, vejo de outra forma. **Acho que o K-Pop veio até mim na hora certa, aquela em que eu mais precisava.**

 Quando ouço das pessoas que não me conhecem direito: "Não sei como você pode gostar desses coreanos, Gaby", não fico chateada, nem ofendida. Porque elas não fazem a menor ideia do poço escuro de onde esses coreanos me tiraram.

Sei que, em algum momento, pode ser que o K-Pop desapareça da minha vida em meio a tantas coisas novas que ainda vou conhecer e experimentar. Mas o que aprendi com a cultura coreana jamais irá se perder, isso eu garanto. Assim como Taemin saiu de um lugar em que era motivo de piada, onde muitos riam e duvidavam dele, para se tornar um dos principais artistas solo da Ásia, também percebi que há mais dentro de mim para ser descoberto, que ainda desconheço o que mais sou capaz de fazer e que nem a dúvida e nem o medo são suficientes para me impedir. Taemin canta sobre isso na música "Rise", cuja letra é inspirada na lenda de Ícaro, que queria deixar Creta voando, mas acabou caindo no Mar Egeu ao ignorar o alerta do pai a respeito de ir perto demais do Sol com as asas que construiu:

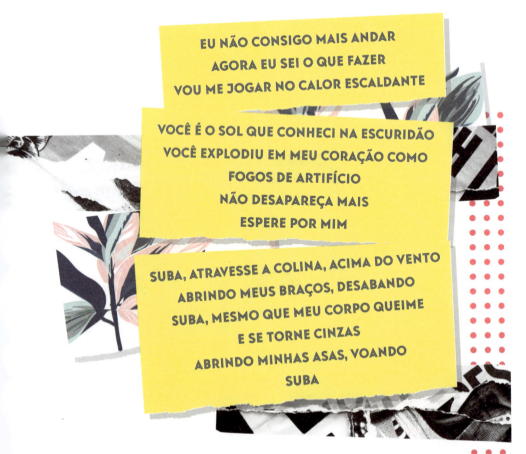

EU NÃO CONSIGO MAIS ANDAR
AGORA EU SEI O QUE FAZER
VOU ME JOGAR NO CALOR ESCALDANTE

VOCÊ É O SOL QUE CONHECI NA ESCURIDÃO
VOCÊ EXPLODIU EM MEU CORAÇÃO COMO
FOGOS DE ARTIFÍCIO
NÃO DESAPAREÇA MAIS
ESPERE POR MIM

SUBA, ATRAVESSE A COLINA, ACIMA DO VENTO
ABRINDO MEUS BRAÇOS, DESABANDO
SUBA, MESMO QUE MEU CORPO QUEIME
E SE TORNE CINZAS
ABRINDO MINHAS ASAS, VOANDO
SUBA

O SHOW DO BTS DA WORLD TOUR LOVE YOURSELF: SPEAK YOURSELF

방탄소년단 월드 투어 콘서트

De todos os shows que fui do BTS, acho que os de 2019 foram os mais emocionantes. O do Brasil foi incrível e o de Londres, em que fui com uma amiga chinesa, também foi muito marcante.

O show de São Paulo foi um dos mais incríveis que já fui até hoje. Eu pulei sem descanso e cantei todas as músicas em volumes absurdos, até minhas cordas vocais racharem. Dessa vez, consegui ficar bem perto do palco e a energia que ele emanava me arrepia sempre que me lembro do show. Eu nem sei como meus joelhos aguentaram. Saí do Allianz Parque afônica, exausta e apaixonada pelo BTS.

Eu também adorei o show do Brasil, mas, como estava trabalhando, não consegui curtir como gostaria. Foi só em Londres que me desliguei de tudo e, então, tudo o que o BTS significa para mim me causou uma onda de lembranças e emoções que, Gaby do céu, me fez chorar tanto que eu simplesmente não conseguia parar!

Lembro bem dos áudios aos berros que você me enviou depois do show. Foi sensacional porque deu para sentir o quanto você estava feliz. Para mim, foi como reencontrar um amor antigo. Nunca deixei de ouvir a discografia do grupo e de acompanhar aos *comebacks,* mas o BTS, ao vivo, fez eu me apaixonar de novo.

A minha experiência também foi uma espécie de recomeço, sabia? Porque fiz as pazes com o meu grupo favorito. Para falar a verdade, eu andava uma *ARMY* meio desanimada. Acompanho os meninos já faz tempo e, assim como outras fãs antigas, acho que me senti um pouco excluída quando os vi se tornarem um grupo tão gigantesco. Claro que sempre torci para que o BTS crescesse, mas toda a fama internacional fez eu me sentir distante da música deles. Só que tudo isso desapareceu no show.

Quando a gente é muito fã de um grupo, tem essa sensação engraçada de pertencimento. Ainda que você saiba que o grupo é do mundo, ele é só seu também, tem toda uma conexão pessoal. O que o BTS faz, te ajudou a entender quem você era e o que você queria em muitos momentos da sua vida. Então, acho que dá para entender o medo que você sentiu de perdê-los. Mas o bom é que a música dissolve tudo isso.

Socorro, sim! Vendo o show ao vivo, me dei conta de como eles foram importantes para mim. Boa parte do que fiz, do que me tornei e, do quanto amadureci, foi por causa do BTS. Cada um dos membros tem um significado para mim, assim como cada música. **Não é só paixão de fã. É admiração, é amor e, acima de tudo, gratidão.**

É, definitivamente, K-Pop não são apenas musiquinhas divertidas, como já vi algumas pessoas dizerem. Acho que, para algumas pessoas, pode ser um recomeço, uma nova perspectiva. E, para outras, é a hora de abrir a mente para novas coisas. **Essa é uma das partes mais legais do K-Pop: a chance que a gente tem de redesenhar, com as cores fluorescentes dos MV's, uma história diferente para nós mesmos.**

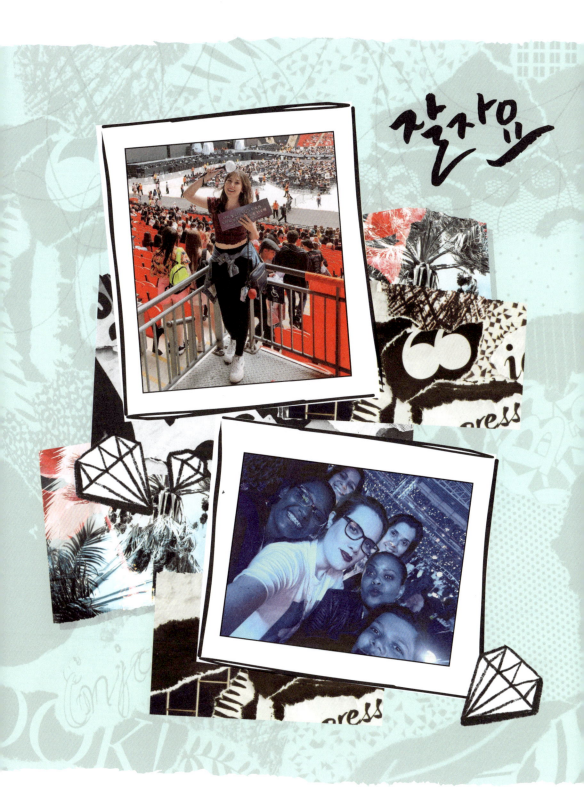

CRÉDITOS
DE IMAGEM

FOTOS DOS ARTISTAS

Página 14 – 8thGravity/Wikimedia Commons
Página 15 – Ninjacatherine/Wikimedia Commons
Página 17 – Dieu Linh/Wikimedia Commons
Página 18 – 월아조운/Wikimedia Commons
Página 19 – LG전자/Wikimedia Commons
Página 20 – mang2goon/YouTube
Página 21 – KIYOUNG KIM/Wikimedia Commons (esquerda) e HeyDay/Wikimedia Commons (direita)
Página 22 – 와사비콘텐츠/Wikimedia Commons (esquerda) e livingocean/Wikimedia Commons (direita)
Página 29 – Kathy Hutchins/Shutterstock
Página 32 – Sparking/Wikimedia Commons
Página 34 – Sweetcandy/Wikimedia Commons
Página 36 – Yoon Min-hoo/Wikimedia Commons (superior) e Pabian/Wikimedia Commons (inferior)
Página 37 – TV10/TenAsia/Wikimedia Commons
Página 38 – dispatchsns/Wikimedia Commons
Página 44 – idolgraphy/Wikimedia Commons
Página 45 – Newsenstar1/Wikimedia Commons
Página 48 – Hey Day/Wikimedia Commons
Página 54 – 위드태민:WithTaemin 随行/Wikimedia Commons
Página 57 – sparking/Wikimedia Commons
Página 59 – livingocean/Wikimedia Commons
Página 61 – Sparking/Wikimedia Commons
Página 66 – 월아조운's/Wikimedia Commons
Página 67 – 와사비콘텐츠/Wikimedia Commons
Página 69 – 월아조운's/Wikimedia Commons
Página 71 – Shaq/Wikimedia Commons
Página 75 – Bulletproof7bts/Wikimedia Commons (superior) e mang2goon/YouTube (inferior)
Página 89 – Excentrique/Wikimedia Commons
Página 99 – HopeSmiling/Wikimedia Commons (superior) e I Dare U JK/Wikimedia Commons (inferior)
Página 100 – Tinseltown/Shutterstock
Página 104 – 드리미/Wikimedia Commons
Página 118 – Featureflash Photo Agency/Shutterstock
Página 127 – 정아선 (JAS)/Wikimedia Commons
Página 135 – Tangel's tale/Wikimedia Commons

ILUSTRAÇÕES

AllNikArt/Shutterstock; Cafe Racer/Shutterstock; Diego Schtutman/Shutterstock; Here/Shutterstock; Katyau/Shutterstock; Liia Chevnenko/Shutterstock; MSNTY/Shutterstock; Sauleshechka/Shutterstock; Trinet Uzun/Shutterstock; Yulia Aksa/Shutterstock;

FOTOS DAS AUTORAS

Rodrigo Takeshi e arquivo pessoal

Letras de músicas retiradas e adaptadas pelas autoras de: <www.letras.mus.br>

Primeira edição (agosto/2019) • Primeira reimpressão
Papel de capa Cartão Triplex 250g
Papel de miolo Offset 90g
Tipografias Baro e TT Norms
Impressão GRAFILAR